www.tredition.de

AF185392

Stella Tsianios, ist im Jahre 1972 in Hamburg geboren. Sie hat Pädagogik und Psychologie studiert und arbeitet als Pädagogin in der Familien- und Jugendhilfe. Als Künstlerin war sie mehr als eine Dekade in den Bands „Mediterra Musica" und „khaki naive" aktiv. In dem Dokumentarfilm „Roma Stories", widmet sie sich der Roma Thematik und zeigt wie positive Roma Biografien, die pädagogische Landschaft verändern können.
In ihrer freien Zeit schreibt sie Geschichten.

(photo by Ria Carajiaba)

Für meine Mutter.
Und für all die Mütter, die in den 70er Jahren ihre Kinder hergaben, um ein Haus für die Familie in der Heimat zu bauen.

Stella Tsianios

Aphrodite-Express

Sieben Erzählungen

www.tredition.de

© 2020 Stella Tsianios
Umschlag, Illustration: Vorderseite Bild:
Dimitris Athanasiou, "Lady will be back" (120cm x 90cm)
www.dimitris-athanasiou.com

Verlag und Druck: tredition GmbH, Halenreie 40-44,
22359 Hamburg

ISBN
Paperback: 978-3-347-16115-3
Hardcover: 978-3-347-16116-0
e-Book: 978-3-347-16117-7

Aphrodite-Express

„Stilianiuuuuuu", schrie er durch den Flur. Taub wie er war, hörte er die fluchenden Worte meiner Großmutter nicht. Sie sprach oft von dem Amerikaner, der sie mitnehmen wollte. Er soll großzügig, edel und geduldig gewesen sein. Er kam kurz vor dem Ende des Zweiten Weltkrieges, als die Deutschen kapitulierten und ging ein Jahr später, als sich in Griechenland angeblich alles normalisierte. Es normalisierte sich nichts, die deutschen Besatzer waren bloß weg, der Bürgerkrieg fing an, doch damit wollten die Amerikaner nichts zu tun haben. Den Amerikaner gab es wirklich. Wir dachten, er wäre eine Märchenfigur, denn der Amerikaner tauchte nur dann auf, wenn wir uns am Mittagstisch danebenbenahmen.

„Der Amerikaner, er kommt und holt mich ab. Wo ist mein Hut?" Das war die Drohung, die immer zog. In der Faschingszeit lief sie gerne mit einem Cowboyhut durch die Wohnung, der sonst das übrige Jahr an einem Haken im Flur hing. Durch dieses Spiel holte sie ihr verlorenes Leben nach. Bei Filmszenen, in denen sich ein Paar küsste oder liebevoll umarmte, seufzte sie tief. Sie konnte ihre Augen nicht vom Bildschirm abwenden, bis die Szene vollkommen beendet war, bis auch die zur Handlung passende Musik aufhörte. Mein Bruder deckte sich die Augen mit einem Kissen zu, ich guckte gern hin, doch das Schönste an solchen Filmszenen waren die Augen meiner Großmutter, die strahlten- „Mama, da oben wohnt deine Großmutter", sagte meine Tochter, als sie vier war. Mein Gesicht war voller Tränen, die zum Glück bei strömendem Regen kaum auffielen. Ich redete mir ein, der hellste Stern, das wäre sie, so konnte ich ihre Abwesenheit leichter ertragen. Astrologie war nie mein Fall. Das Einzige, woran ich mich festhielt, war mein Glaube, dass jedes Atom unseres Körpers ein Teil eines Sterns ist. Sie trug sogar den Namen Stern. Aus Stella wurde Stillianiuuu, der jedes Mal wie ein Komet ins Wohnzimmer prallte, wenn er nach ihr rief. Ich lebte mit ihr nur sechs Jahre zusammen, dann verließen wir Griechenland wieder. Meinen Bruder lernte ich erst kennen, als ich fünf war. Er lebte bereits bei meiner Großmutter, während ich noch in Hamburg war.

Unerwartet befand ich mich in Griechenland, hatte einen Bruder, viele Cousins, Cousinen, Tanten und Onkel und trug ungewöhnliche Cowboystiefel. Es war himmlisch dort. Das Haus war vierstöckig und ich brauchte nur hoch oder runter zu laufen und schon saß ich im Esszimmer meiner Lieblingstante. An allen Haustüren hingen draußen die Schlüssel, ich brauchte gar nicht zu klingeln und war schon im Schlafzimmer meiner Tante, die gern und häufig mit ihrem Mann schmuste.

Das waren meine ersten echten Liebesszenen. An einem dieser Nachmittage suchte mich mal wieder meine Mutter. Ich kroch unters Bett. Das Paar bemerkte mich nicht und liebte sich einfach weiter. Als meine Mutter mich endlich fand, wurde ich für mein Verschwinden mit mehreren Abdrücken von diesen grässlichen hölzernen Bergmannpantoletten am Po belohnt, doch das war der Blick wert. Auf ihre Holzschuhe war Mutter sehr stolz. Sie flogen über drei Jahre quer durch die Wohnung, erreichten uns immer und sahen dabei gut aus. Mutter hielt den Holzschuh fest in ihrer Hand, schaute ihn nostalgisch an, sagte aber nie das, was sie gerne sagen wollte, sie sagte zwar trocken nur: „Typisch, gute deutsche Ware" dabei würde sie schreiend und überlegen allen mitteilen: „Wie gern bin ich auf deutschen Straßen damit gegangen. Dort war ich frei, die Straßen waren glatt, ruhig und vor allem sicher."

Vielleicht wollte sie uns aber auch nur damit ihre Waffe demonstrieren. An unserer Haustür hingen die Schlüssel nicht draußen, wir hatten sogar ein Sicherheitsschloss. „Pass auf deine Sachen auf, leih sie niemandem aus, verschenk sie nicht", flüsterte mir Mutter ins Ohr, auf Deutsch. Im Gegensatz zu meiner neuen Familie, die zu Spielzeug keinen Bezug hatte, war ich definitiv eine Außenseiterin. Hätte ich den Rat meiner Mutter befolgt und die Sachen nicht verliehen oder verschenkt, hätte niemand mit mir gespielt, also passte ich mich dem dortigen „Spielsystem" an. Am schlimmsten war der blonde Cousin, der mich an die deutschen kleinen Jungs erinnerte. Er nahm sogar heimlich das Spielzeug, das ich bewusst liegen ließ, um nicht als Außenseiterin abgestempelt zu werden, mit zu sich nach Hause.

Als wir ihn besuchten, er wohnte nämlich in einem anderen Viertel, holte ich mir mein geklautes Spielzeug wieder zurück. Es war für mich ein tolles und dennoch riskantes Spiel. Würde mich jemand erwischen, müsste ich schwören, dass ich es nicht geklaut habe. Ich müsste, ohne rot zu werden, erklären, dass ich mir nur mein geklautes Spielzeug wieder zurückhole. Das würde mir wiederum niemand glauben, wenn der Klau-Cousin weinend beschwören würde, es gehöre ihm. Ich war doch bloß „die Neue" in Vaters Familie und außerdem erlaubte Mutter es mir nicht, zu schwören. Sie hielt nichts von Gott, Kirchen und allem, was zum Glauben dazugehörte, vor allem in Griechenland. Menschen, die schwuren, hielt sie für verlogen und lächerlich. Ich durfte mir nicht mal zum Spaß diese Gewohnheit aneignen. Schwören auf das eigene Leben galt als der beste Trick, um glaubhafter lügen zu können, alle taten es, nur ich durfte es nicht, also log ich, ohne zu schwören.

Die Kleinstadt-Kinder waren von mir beeindruckt, da ich als einziges Mädchen am besten Fußball spielen konnte. Im Winter spielten wir oft mit Playmobil, im Sommer war das Playmobil wieder über alle Etagen verstreut und für den Klau-Cousin fette Beute. Ich ging sehr gerne zu ihm nach Hause, ich holte mir bis zum Oktober langsam und sicher alles wieder zurück. Dabei achtete ich darauf, dass meine Kleidungsstücke möglichst viele Taschen besaßen. Da trotz allem das geklaute Spielzeug nicht in meine Taschen reinpasste, versteckte ich es oft in meinem Mund, und konnte mich dann nur noch recht unhöflich verabschieden.

Meine Mutter mochte Griechenland überhaupt nicht, sie musste wegen ihrer Armut das Land schon mal verlassen. Dass es noch einmal dazu kommen sollte, konnte sie nicht ahnen.

Sie arbeitete in Deutschland mit meinem Vater fünfzehn Jahre lang. Sie teilten sich ein kleines Zimmer ohne Dusche, bauten endlich ein Haus in Griechenland für die Verwandtschaft meines Vaters, dann gebar sie einen Sohn, den ersten in der Familie, ließ ihn tapfer, wie sie angeblich war, in Griechenland, um in Deutschland tapfer weiter Geld verdienen zu können. Erreichte dann die Dreißig, gebar dann mich, kam wieder zum Ort des Irrtums, nach Griechenland zurück, in der Hoffnung, nun endlich als angesehene Person aufgenommen zu werden. Doch ihr Leben in der Ferne hatte ihren Geschmack verändert, was bedeutete, dass sie im ganzen Bezirk wegen ihrer Neigung zu Schwarzbrot belächelt wurde. Schwarzbrot wurde damals von keinem Griechen verzehrt. Es wurde eher in der Landwirtschaft als Tierfutter verwendet. Die Gerüchte über die sonderbare Neigung meiner Mutter erreichten sogar die leicht schwerfälligen Ohren meines Großvaters. So sprach er sie niemals mit ihrem Namen an.

Zunächst mochte er sie nur wegen ihrer ärmlichen Herkunft nicht, doch mit der Zeit mochte er gar nichts an ihr. Er wollte sie nicht mehr sehen, wegen ihrer Andersartigkeit, wegen ihres kurzen Haarschnittes, wegen ihrer Hosenmanie und ihrer BH-losen Brüste, auch wenn sie an der Finanzierung und dem Bau des Hauses, in dem er wohnte, mitbeteiligt war. Zu all dem bekam ihr Sohn, ohne ihr Einverständnis, auch noch den Namen des grausamen Alten. Großvater war stolz, denselben Namen mit seinem erstgeborenen Enkel zu teilen.

Mein Vater war noch in Deutschland, um zu arbeiten. Er verdiente gut und schickte uns weiter Geld. Mutter hatte eine eigene schöne Wohnung, obwohl ihre Arbeit für ein ganzes eigenes Haus gereicht hätte, hätte man ihr das zugestanden. Aber sie nahm es hin. Die Schwägerinnen richteten ihr die Wohnung ein, natürlich nach deren Geschmack. Antike Möbelstücke, Kronleuchter in orthodoxem Stil, Kacheln in Blau-weiß, eine große Badewanne und sogar ein Bidet, wo man sich nach jedem Großgang den Hintern waschen konnte. Mutter konnte nichts davon zurückgeben, weil alles schon mit ihrem Geld bezahlt wurde. Sie wurde nicht gefragt, weil sie angeblich kein Geschmack hatte, sie kam ja aus ärmlichen Verhältnissen, da war es unmöglich, Geschmack zu besitzen. Das war die Haltung der Schwägerinnen, die, wie meine Mutter, gerade mal dreißig Jahre alt waren, aber um einiges älter wirkten. Eine der Schwägerinnen war unverheiratet und für die Erziehung des Erstgeborenen, also meines Bruders, zuständig. Großmutter war die Einzige, die meine Mutter gern hatte. Jeden Mittag kam Großmutter eine Etage hoch zu uns, um mit meiner Mutter von dem hochprozentigen Likör ein Schlückchen zu trinken.

Das Grundstück gehörte zur Mitgift meiner Großmutter, als sie Großvater heiratete. Großmutter arbeitete als Dienstmädchen bei einer jüdischen Arztfamilie, als Großvater sie zum ersten Mal sah. Großvater galt als einer der besten Tischler im ganzen Land und war eingebildet. Großmutter war schön und leise. Sie wurde als Siebenjährige von der Arztfamilie aufgenommen, als ihre Eltern starben. Die jüdische Familie, die dann die ihre wurde, sorgte dafür, dass sie im heiratsfähigen Alter einen guten Mann bekam. Den glaubten sie in Großvater gefunden zu haben. Irgendwann im Sommer des Jahres neunzehnhundert heirateten sie. Großmutter bekam neun Kinder, von denen eins an Tuberkulose starb, als es zwölf war und von einer Klassenausfahrt zurückkam. Es war ihr allererstes Kind gewesen. Es war ein wunderhübsches Mädchen mit dem Namen Aliki. Blond und blauäugig, wie Alice im Wunderland. Den Verlust konnte sie nie überwinden. Großvater zimmerte ihr einen wunderschönen weißen Sarg. Es war der letzte Sarg, den er als Tischler anfertigen wollte, leider war er für seine Tochter. Der Beruf des Tischlers war damals ziemlich vielseitig.

Alikis blonden Zöpfe lagen immer unter Großmutters Kissen und als sie in hohem Alter nach ihrem Ehemann starb, waren ihre letzten Worte: „Jetzt gehe ich meine Eltern und mein Kind wiedersehen." Kein

Wort über Großvater, der sie seit ihrem achtzehnten Lebensjahr begleitete.

Als Mutter im Jahre 1973 das fertige Haus mit Vater besichtigen kam, fand sie ihre Wohnung schon in einem Stil eingerichtet vor, der gar nicht ihr Fall war. Für das, was sie sah, hatte sie also die langen Jahre geschuftet. Vater war vom noblen Stil der Möbel begeistert und machte sich wieder auf die Reise nach Deutschland.

Nun hatte Mutter eine schöne Wohnung, zwei Kinder, keinen Mann neben sich, aber dafür wahnsinnig viel Zeit, um die eigene Wohnung zu putzen und die Nachbarinnen zum Kaffee einzuladen. Sie konnte gar nicht gut kochen. Im Gegensatz zu ihrer vegetarischen Küche, die aus gedünsteten Brennnesseln bestand, gab es bei Großmutter richtiges Essen, leckeres Fleisch in Tomatensauce. Mutter kochte verdammt schlecht und wollte es von niemandem lernen. Da hieße es nur wieder von der Schwägerin: „Kein Wunder, wer zu früh das Elternhaus verlässt, hat es im Leben schwer."

Mutter verließ recht früh das ärmliche Häuschen, in dem sie mit ihren Eltern lebte. Mit siebzehn wohnte sie schon in einem kleinen Zimmer im Ausländer Frauenheim in Hamburg-Harburg. Das Zimmer bestand aus zwei Drei-Stockbetten und einer Spüle. Sie lebte mit sechs anderen Frauen zusammen, bevor sie mit Vater in das eine Zimmer ohne Dusche zog.

In den Sechzigern verließen viele Frauen allein ihr griechisches Elternhaus im Heimatland. Eine von ihnen war meine Mutter.

Auf dem Hochzeitsfoto sah sie mitgenommen aus. Die Hochzeit fand im engen Kreis von vier Menschen statt. Dem Bräutigam, der Braut, die wegen ihrer Schwangerschaft geheiratet wurde, dem Bruder des Bräutigams, der auch gleichzeitig der Trauzeuge war und der Schwester der Braut, die gerade mal zehn Tage in Hamburg war.

Meine Mutter sah auf dem Foto traurig aus, nicht weil sie ihr erstes nicht abgetriebenes Kind behalten durfte, sondern vielmehr wegen ihrer Hochzeit, die keine Hochzeit war.

Es war eher ein kleiner schneller Kirchenbesuch, der ihr doch so viel bedeutet hätte, wäre alles anders gekommen.

Aber nein, sie musste ja wie eine Heldin heiraten, schnell und unauffällig und genau das wollte sie nicht.

Aber genau das, ist passiert. Eine rein standesamtliche Trauung wäre nicht schneller vonstattengegangen als dieser kurze Besuch zur orthodoxen Kirche Hamburgs.

Damals wünschten sich viele ausgewanderten Frauen, einen guten Mann zu finden und mit ihm, im Heimatort, eine großzügige Hochzeit mit allen Bekannten und Verwandten feiern zu können. Dafür war das Geld jedoch zu knapp. Es musste ja in das Haus in Griechenland investiert werden. Die Schwägerin sah keinen Grund, sich in ihren Vorhaltungen gegenüber meiner Mutter zu zügeln. Nach der Geburt, des Kindes entbrannte die Rivalität darum, wer von den beiden die Mutterrolle besser erfüllte. Meine Mutter mag zwar die Leibliche gewesen sein, doch außer meiner Großmutter wollte das keiner so richtig wahrhaben.

Die Schwägerin verwöhnte also den ihr unfreiwillig in die Wiege gelegten Sprössling mit viel Zuwendung, Liebe, Bonbons, Spielzeug, Büchern und Partys. Das machte aus dem Achtjährigen einen faulen, kleinen, dicken Buddha, der bloß die Hand auszustrecken brauchte und schon erfüllte sich sein Wunsch. Mein Bruder sagte nur „Ammm" und schon befand sich etwas Essbares, in mundgerechte Häppchen zerteilt, in seinem Mund. Er schrie vom Klo aus „Fertig" und sie rannte, stolperte dabei über alle Stühle, um schnell bei ihm zu sein, bevor er erneut, diesmal etwas genervter „Fertig" schrie. Sogar ich, die gerade fünf war, fand das Ganze ziemlich komisch. Meine Mutter konnte dieser krankhaften übersteigerten Liebe, die immer schlimmere Konsequenzen nach sich zog, nichts entgegensetzen. Eines Tages sah ich aus dem Fenster wie Mutter mit ihrem Erstgeborenen einen Schneemann baute. Sie warf ihm einen Schneeball zu. Er lachte. Sie warf ihm spielerisch noch einen zu. Sie seifte ihm sanft mit Schnee das Gesicht ein. Er lachte. Beide rollten aus einer kleinen Kugel, eine größere zusammen, die dann zum Körper des Schneemannes wurde. Beinahe hätte der Schneemann einen Kopf bekommen, wäre nicht die Schwägerin wie ein Blitz, der alle mitten ins Herz traf, in diese heitere Szene eingeschlagen. Vor allem traf mich der Blitz, zwar nicht ins Herz aber am Po. Die Schwägerin hielt mich bis zu diesem Zeitpunkt fest in ihren Armen. Ich prallte mit meinem ganzen Gewicht auf den Boden. Zeit zum Weinen hatte ich keine. Sie ließ mich nicht nur aus ihren Armen fallen, sie ließ auch die Tür offenstehen. Was dann von draußen hereinzog, erschrak mich weit mehr als mein Aufprall. Es war der Feldzug der Schwägerin, der durch die Tür ging.

Sie fasste sich an den Kopf und schrie hysterisch: „Das Kind wird sich erkälten. "

Meine Mutter sagte nichts, sie schaute sie nicht mal an, sie spielte mit ihrem Sohn weiter. Es musste das erste Mal gewesen sein, dass sie mit ihm und dem Schnee spielte, vielleicht sogar das erste Mal, dass sie überhaupt mit ihm spielte. Und für ihn war es der erste Schnee, den er anfassen durfte. Die Schwägerin stürzte in Pantoffeln und Morgenmantel hinaus, schnappte sich den Jungen und rannte mit ihm ins Haus zurück. „Wärst du doch lieber dageblieben, wo du hergekommen bist! Du hast keine Ahnung von Kindern, er holt sich noch eine Lungenentzündung!", warf sie meiner Mutter giftig zu, ohne sie eines Blickes zu würdigen. Zu ihrem Pech wurde er am folgenden Tag wirklich krank. Keiner wird je ergründen, ob der Junge durch den Schnee erkrankte, oder weil er mit zwei so unterschiedlichen Müttern nichts anfangen konnte.

Am selben Abend rief Mutter, Vater an. Er brüllte durch den Hörer, sie weinte. Großmutter kam hoch und beruhigte sie. Aus der Tasche ihrer Schürze holte sie das Fläschchen raus. Mutter trank es leer und alles war genauso wie gestern, vorgestern und letztes Jahr.

Am nächsten Tag roch das ganze Haus nach leckerem Essen. Die Schwägerin pflegte natürlich in der unteren Etage den Jungen gesund, dort, wo sie mit den

Großeltern wohnte. Mutter durfte ihn sehen und ihm eine Gute-Nacht-Geschichte vorlesen. Sie empfand den gesamten Vorfall als eine Bestrafung und wurde von Tag zu Tag immer blasser. Ich war ihr keine große Hilfe. Ich verschwand ständig, vielleicht war ich sogar eifersüchtig auf dieses dicke Kind, das mein Bruder sein sollte und keine von meinen Lügengeschichten glauben wollte. In der oberen Wohnetage sah das Leben anders aus. Tante und Onkel taten es jeden Tag und ich versteckte mich unter dem Bett. In meinem Lieblingsversteck weihte ich meinen witzigen Cousin Vasilaki ein. Wir teilten uns den Holzfußboden und unsere Lügenstories. Als das Paar aktiv wurde, krochen wir aus unserem Versteck heraus und guckten unverschämt und unbemerkt zu. Das Paar war viel zu konzentriert bei der Sache, um uns wahrzunehmen. Dieser Cousin war der witzigste von allen. Auch seine Eltern waren in Deutschland, um zu arbeiten. Er und seine Schwester Aliki wohnten auch unten bei den Großeltern und Tante Voula, der Schwägerin von Mutter. Ich fand es klasse, unten schlafen zu dürfen, doch leider durfte ich es nicht oft.

Der Lügen-Cousin klaute von Großvater Geld, um uns alle mit Kartoffelchips zu versorgen. Er klaute und wurde nie erwischt. Als ich auch mal klauen wollte, wurde ich nicht nur erwischt, ich wurde sogar von Mutter bestraft. Ich durfte eine Woche lang nicht zum Spielen gehen. Dieses Verbot musste ja irgendwann verhängt werden. Die toll möblierte Wohnung war ständig sauber gewienert und mutterseelenallein, genauso wie Mutter. Großvater wollte mich erwischen. Er ließ den kleinen Cousin extra ungestört klauen, damit er mich erwischen konnte. Das Leben war dort ungerecht, aber bunt. Während meines einwöchigen Verbotes besuchte mich der witzige Cousin Vasilaki jeden Tag. Wir spielten das, was wir oben an Liebesszenen gesehen hatten, mit Playmobil nach. Als er dann mal unter dem Schlafzimmerbett erwischt wurde, erzählte er, dass er von einem Dieb verfolgt wurde und sich unbedingt dort verstecken musste, damit dieser ihn nicht findet. Er konnte so gut lügen, dass er nicht bestraft wurde. Alle, außer mir, haben ihm geglaubt.

Mutter hielt es nur fünf lange Jahre aus, bis sie dann wieder mal zur selben hoffnungslosen Entscheidung kam, das Land erneut Richtung Deutschland zu verlassen. Ich sollte mit meinem Bruder zusammen aufwachsen. Mutter wollte auch für ihn eine richtige Mutter sein, doch all ihre Pläne scheiterten. Also überließ sie ihn der Frau, die sie am meisten hasste.

Er blieb bei ihr, in Griechenland und durfte sogar mit Großmutter im selben Bett schlafen bis zu seinem vierzehnten Lebensjahr. Er sollte nicht entwurzelt werden, hieß es damals. Er sei doch so klug, und man wollte seine guten schulischen Leistungen nicht durch eine neue Umgebung, eine fremde Sprache und unvertraute Menschen belasten. Doch für mich schien das alles angeblich nicht so tragisch zu sein, ich war doch zehn und schon mal entwurzelt worden. Gerade hatte ich mich an meinen dicken Bruder gewöhnt und schon musste ich wieder fort. Für Mutter war es noch schlimmer. Vater hatte für uns in Hamburg eine

Zweieinhalb-Zimmerwohnung gemietet. Endlich konnte sich Mutter ihre Wohnung nach ihrem eigenen Stil einrichten. Doch dafür war sie zu schwach. Sie hat sich seitdem nie nach etwas Schönem umgeschaut, obwohl sie es bezahlen könnte. Die Wohnung richtete sie mit gebrauchten Möbeln ein.

Sie war endlich wieder in Deutschland und ich fühlte mich, mit dem wenigen Playmobil in einer Zweieinhalb-Zimmerwohnung armselig und allein. Niemand war da, um mit mir Krieg zu spielen. Ich sollte aus Griechenland nicht viele Playmobils mitnehmen, mit der Begründung, ich würde in Deutschland neues bekommen. Tatsächlich bekam ich eine komplette neue Indianer- und eine Cowboy-Stadt, nur wusste ich nicht, wie ich beides gleichzeitig spielen sollte. Nur im Sommer sah ich meinen Bruder, im Herbst musste er wieder fort.

Ich spielte nur im Sommer mit Playmobil und im Winter mit Barbies. Jeden Sommer spielten wir weniger, bis wir dann gar nicht mehr spielten, weil wir immer unterschiedlicher wurden, die faktische

Entfernung blieb jedoch immer die gleiche. Er kam ungern nach Hamburg und ich blieb ungern hier.

So beschlossen wir, uns zu hassen, damit die Trennung jeden Sommer erträglicher wurde. An einem Sommer hatten wir uns dann nichts mehr zu sagen, schweigend verabschiedeten wir uns am Bahnhof. Ich weinte kein bisschen, er auch nicht.

Jahre später verließ ich wieder Griechenland nach einer Odyssee der Sinne, verbunden mit wenig Schlaf und einen grenzenlos erlebten Sternenhimmel. Diesen Sommer buchte ich keine Pauschalreise. Ich wollte nie wieder aus lauter Müdigkeit in den Swimmingpool springen müssen, um langweiligen Kinderstories zu entfliehen. Ich hatte keine Lust mehr auf schwangere oder angeschwollene Mütter, die sich von Liegestuhl zu Liegestuhl, Kinderkrankheiten erzählend hin - und herwarfen. Ich wollte nicht mehr so tun, als könne ich alles mit einem Sprung in den Swimmingpool überhören. Also beschloss ich, erst nach Athen zu fliegen und von da aus ziellos irgendeine Kykladen- Insel zu besuchen.

Das Schiff, welches mich in mein planloses „Irgendwo" tragen würde, hieß Aphrodite-Express. Es war ziemlich alt und genügend Rettungsboote für den Ernstfall gab es nicht. Auf der ganzen Fahrt saß ich verkrampft auf einer Holzbank, neben einem dieser vier maroden Rettungsboote. Ich durfte also keine Sekunde an Haifische denken. Das Paradoxe war, dass allein der Gedanke, nicht an Haie denken zu dürfen, dieses besondere Unterwassergeräusch auslöste. Die Filmmusik vom „Weißen Hai" bohrte sich dazu in meinen Kopf und das Haigebiss erschien sogar auf meiner Limonadendose.

Wie beängstigend kann Meeresblau wirken. Nichtsdestotrotz liebe ich es, vom Schiff aus in die Tiefe zu schauen, um in dem dunklen Blau den weißen gewellten Strich zu bestaunen. Die weiße Spur, die das Schiff ins Meer reißt, wenn es das Blau teilt. Dieser Riss ist meine Genugtuung gegenüber der blauen Einheit, die von gewaltigen Haifischen beherrscht wird. Das Einzige, was ich im Sommer an der Natur ertragen kann, sind das Blaue, das Weiße und die kahle Landschaft ohne jedes Grün. Diesen Sommer wollte ich zum ersten Mal einen Berg besteigen. Es sollte wohl nicht sein, denn ich verstauchte mir dabei den Fuß, besuchte jeden zweiten Tag das Krankenhaus, das aussah wie ein Kriegslazarett und lernte viele verheiratete Ärzte kennen, die sich wie Singles benahmen.

Ich bewegte mich am Strand, hinkend wie eine alte Frau, die über hundert Kilo Körpergewicht tragen musste. Ich rauchte, schaute mir neidvoll schöne Frauen an und schrieb Postkarten. Ich betrachtete die Menschen am Strand nicht nur neidisch, sondern auch extrem lange. Ich bewarf sie mit ungemütlichen Blicken. Hinter meiner Zeitschrift konnte ich sie in aller Ruhe unbemerkt beobachten.

Auf dem Schiff Aphrodite-Express beobachtete ich lange eine Frau, die sich meinem Rettungsboot näherte. Teilten wir vielleicht dasselbe Delirium?

Ganz unerwartet setzte sie sich neben mich. Auf einmal fing sie an, mir von ihrem Sommerhaus zu erzählen. Ich fragte sie, ob sie Blau mag, sie sagte ja.

Ich wiederholte meine Frage, fügte jedoch zum Blau das Adjektiv meeresblau hinzu. Die Farbe gefiel ihr nicht nur sehr, sie sei ihr Element, sagte sie. Ich fragte sie, ob sie Rot mag. Wir spielten das Spiel der freien Assoziationen ungefähr fünf Minuten lang. Bei der Farbe Weiß sagte ich: „Weiß, die Ritterin der Meere." „Gelb", rief sie. „Gelb ist mein Sommerhaus, kommst du mich bitte besuchen?", bettelte sie fast. Ich sollte sie besuchen, ich wollte niemanden besuchen müssen. Ich sollte ihr versprechen, dass ich sie besuchen komme. Ich beschloss, sie nie wieder zu sehen und sie auf gar keinen Fall zu besuchen.

Ich mag nämlich keine Besuche. Ich bin dann ganz anderem Farbgeschmack, völlig anderen Ess-, Trink- und Schlafgewohnheiten ausgesetzt. Es kam zum Glück nicht dazu, ihr etwas versprechen zu müssen, denn ich verließ das Schiff. Doch ich wurde sie nicht los. Ich fand mich wieder, neben dieser Frau, im Flug HF 5460, Richtung Hamburg.

Jedes Jahr möchte ich am liebsten auf der Insel bleiben, wo der Himmel meiner hellblauen Zahnpasta ähnelt und die Fische wie Handtücher an der Leine zum Trocknen hängen.

Jeden Sommer freue ich mich dennoch, wenn ich die Haifische und das tiefe Meer hinter mir zurücklasse. Ich freue mich umso mehr auf Hamburg, wenn ich in meiner Suppe, die Haifischflossen herumschwimmen sehe und sie dann voller Genugtuung im Mund zerfleischen kann.

Der Sonnenschirm, unter dem ich diesen Sommer lag, ist jetzt bestimmt von einem Paar besetzt, welches sich eng zusammenpresst, um nicht von den grellen Strahlen der Sonne markiert zu werden. Der Sonnenschirm war dunkel, der Sand weich und mein Fuß dick. Eine Kombination, die mir alles in allem, keine großen Aktionen erlaubte. Neben mir saß eine aufdringliche, recht laute Familie, die frech ihre Strohmatten bis zu meinem Liegestuhl ausbreitete, ihre Tupper- Döschen übereinanderstapelte und ihr Radio auf dem Sender 108,9 FM laut aufdrehte. Die Kinder, sieben und fünf Jahre alt, waren zusammen 70 Kilo schwer, der Vater wog 120 Kilo, die Mutter 110 und die Wassermelone, die sie vor meinen durstigen Augen als Erstes wegaßen, nicht unter 9 Kilo.

Die Mutter schrie ihren Mann ständig an, er solle sich darum kümmern, dass die Kinder endlich ins Wasser kommen. Doch die Kinder schienen gar nicht begeistert vom Meer zu sein, stattdessen richteten sich ihre gierigen Blicke auf das Süßgebäck des zahnlosen, braungebrannten Strandverkäufers.

Sie schrie neurotisch: „Sind wir eine Familie oder sind wir keine! Jeder macht hier, was ihm passt!"

Daraufhin nahm der Mann seine Zeitung und versteckte sich schweigend dahinter. Sie öffnete die Essdosen und begann, sich Backkartoffeln, Hackbällchen, Oliven, Käse und Brot in den Mund zu stopfen. Daraufhin beteiligte sich die Familie rasant an der Essorgie und die Frage, ob sie eine Familie wären oder nicht, löste sich in wenigen Sekunden. Er stellte das Radio aus und legte sich zum Schlafen hin, die anderen Mitglieder folgten ihm. Außer ihrem Schnarchen, das in den Wellen ertrank, hörte ich seins wie einen Zwischentakt gegen die Wellen klatschen.

Mein Platz unter dem Sonnenschirm war leer. Ich befand mich im Flugzeug auf Sitzplatz 12 mit Fensterblick. Sie saß neben mir. Sie konnte sich zum Glück anscheinend nicht an mich erinnern. Ich schämte mich dafür, dass ich mich von ihr und ihrem einsamen gelben Sommerhaus nicht verabschiedet habe.

Das Schlimmste war, ich wusste nicht, ob sie so tat, als würde sie mich nicht kennen, oder ob sie mich noch mal aufs Neue kennen lernen wollte. Sie besuchte ihren Bruder in Hamburg, der mit einer „alkoholkranken Deutschen" verheiratet war. Entsetzt erzählte sie mir, wie „die Deutsche" sich vor ihren eigenen Kindern zwanzig Jahre lang betrank. „Sie säuft und dann geht sie schlafen und das jeden Abend, das ganze Jahr über, all die Jahre, ihre Farbe im Gesicht ist rosa und im Sommer wird sie so richtig rot." Ihrer kurzen Beschreibung nach, schien sie sie nicht zu mögen. „Mein Bruder blieb all die verdammten zwanzig Jahre wegen der Kinder bei ihr", fuhr sie in bösartigem Tempo fort. Sie sprach so laut, dass die Zuhörerzahl nicht nur aus denen bestand, die nicht schliefen, sondern auch aus denen, die durch ihre Lautstärke geweckt wurden.

Ich wusste, ich würde mich streiten, wenn ich ihr meine Meinung sagen würde. Jeden Tag so zu beenden, all die Jahre auf diese Art beenden zu müssen, „die Deutsche" tat mir unendlich leid, aber vor allem auch noch rosa dabei auszusehen, das ist eine doppelte Bestrafung. Ich war kurz davor, ihr zu sagen, dass sie wie ein Dachs aussieht, mit ihren „möchtegernblonden" Strähnen. Ich beobachtete sie während der ganzen Reise von der Seite. Sie blätterte ständig in einer Zeitschrift herum, ihre Brille wurde von Zeigefinger und Daumen hin und her geschaukelt und ihr Blick rührte sich nicht vom unteren Rand der Zeitschrift. Alles, was sie sah, hatte keine Vergangenheit, nichts blieb als vergangener Moment für die kommende Sekunde. Alles entschwand so leicht, als wäre sie selbst nie da gewesen. „Ach, wie wird die Zeit bloß vergehen?", fragte sie mich jammernd und ich tat so, als habe ich sie nicht gehört.

Sie versuchte mit mir ein Gespräch anzufangen. Zum Glück stellte sie Fragen, die ich mit einfachem Kopfnicken, mit ja und nein beantworten konnte. Doch auf ihren tiefen Atem reagierte ich, vielleicht weil ich ahnte, dass sie es in sich nicht aushält. Sie atmete tief ein und schüttelte dann unerwartet ihren Mundgeruch aus. Ich gab ihr einen Kaugummi, sie nahm ihn gern an.

Meine Reisen wurden in letzter Zeit immer kürzer, ich verließ ungern mein Zimmer für längere Zeit. Ich hatte alles, was ich brauchte und empfand Menschen um mich als überflüssig und störend. Sie war ein Beispiel dafür.

Meine Tochter saß rechts von mir, sie legte ihren kleinen Kopf auf meine Beine. Ich versuchte, in der Luft weiterzuschreiben. Der Tisch musste zugeklappt werden, damit sie ihren Kopf auf meinem Schoß legen konnte. Ich besaß keinen Schreibtisch mehr. Ich wünschte mir, ich könnte ihre Träume erfassen. Mutter, Tochter, ein endloser Kampf, eine Beziehung voller Kompromisse.

„Brauchst du ein Kissen?"

„Nein."

„Liegt dein Kopf gut auf meinem Schoß?"

„Ja."

„Willst du wirklich kein Kissen?"

„Nein, ich will nur schlafen."

„O.K., dann mach es."

Plötzlich hörte ich von links: „Ich brauche aber ein Kissen."

Ich besorgte ihr genervt ein Kissen. Ich wollte ihr meine Grenzen zeigen, doch stattdessen fragte ich sie, ob es ihr gut ginge. Im selben Moment wurde ich gerettet, ihre Sauerstoffmaske fiel als einzige, ohne besonderen Grund plötzlich auf ihren Kopf.

Sie schrie, klammerte sich an mich, bekreuzigte sich dreimal und bevor ich ihr die Situation erklären konnte, rannte sie durch den Gang, stieß gegen den Getränkewagen, quetschte sich zwischen den sitzenden Passagieren, rollte den Getränkewagen beiseite und schloss sich aus Angst in der Toilette ein. Ich verließ meinen Platz, um sie in der Toilette zu beruhigen. Doch durch meine Zuwendung verlängerte sich nur grundlos ihr Toilettenaufenthalt.

„Warum passiert nur mir so etwas, keiner wird es mir glauben", sagte sie.

„Wer wird dir nicht glauben", fragte ich höflich, doch bekam keine Antwort. Fakt war, dass ihr keiner aus ihrer Familie glauben würde. Ich nahm sie an die Hand und setzte sie wieder neben mich. Sie holte aus einer riesigen Tasche eine Flasche selbstgebrannten Weintrauben-Likör, der für die Frau ihres Bruders gedacht war. Sie zeigte mir stolz den eingelegten Oktopus, griff mit ihren Fingern nach einem Stück, stopfte es sich zunächst selbst in den Mund, dann mir und zum Schluss meiner Tochter. Ohne Widerstand ließen wir uns mit ihren öligen Fingern den Mund stopfen. „Mein Bruder lebt schon seit vierunddreißig Jahren in Deutschland. Seit vier Jahren fliege ich jedes Jahr zu ihm und bringe ihm eingelegten Oktopus, Oliven und getrocknete Feigen mit und der Deutschen diesen leckeren Likör", fügte sie hinzu.

Sie machte die Flasche auf und behandelte den Schock mit mehreren Schlückchen Likör.

„Warum besucht er Sie denn nicht in Griechenland?", fragte ich neugierig.

„Er liegt seit vier Jahren im Koma, ich bringe ihm das, was er immer schon gern gegessen hat. Auch wenn er nicht mehr essen kann, riechen wird er es sicherlich", und ihre Stimme wurde zum ersten Mal sanfter. Mein Kloß im Hals ließ Tränen rollen, die meiner Tochter Angst machten.

„Was ist Koma, Mama? Warum weinst du?"

„Koma", antwortete ich ihr auf Deutsch, damit die Frau meine Verharmlosung des Todes nicht verstand.

„Koma ist, wenn Menschen sich nicht entschließen können, ob sie Sterne oder dunkler Himmel werden wollen."

„Wieso sprichst du mit deiner Tochter auf Deutsch?", fragte sie mich interessiert.

„Das ist Zweisprachigkeit", erwiderte ich kurz.

Sie nahm sich das Kreuzworträtsel meiner Tochter, um sich Luft zu machen. Dann blätterte sie langsam im Heft, ohne die freien Kästchen zu bemerken, die sie für mehrere Sekunden sinnlos anstarrte. Sie blätterte von hinten nach vorne, dann von vorne nach hinten. Lauter Kästchen, dass ihr nicht schwindelig davon wurde?

Sie beugte sich zu mir herüber, um aus dem Fenster die Wolken zu sehen. Leider saßen wir am Flügel des Flugzeuges. Das machte ihr nichts aus, sie schaute interessiert dem Flügel zu.

Als ob meine Last nicht groß genug wäre, lehnte sie sich mit ihrem Kopf an mich. Der Kopf meiner Tochter auf meinem Schoß, ihr Kopf an meiner Schulter und mein Stift, der angespitzt war, um über all die Köpfe zu schreiben. Ein Wettkampf mit der Zeit und ich befand mich dazwischen. Ich hatte Hunger, mein Magen knurrte und ich stellte mir vor, wie es wäre, wenn ich jetzt auf Toilette gehen müsste. Ich ziehe solche Menschen magisch an. Wenn ich mich an die alte Frau erinnere, die stolz ihre Brechbohne an der Leine ausführte, oder die Großmutter mit den vielen imaginären Liebhabern.

Warum erzählen mir Menschen so viel von ihren zerbrochenen Leben? Plötzlich begann sie an meiner Schulter zu schnarchen und ich hatte kaum Luft zum Atmen. Meine Tochter wurde wach und blätterte in der Flugzeugzeitschrift. Spielzeug war darin abgebildet. Sie schweifte über die Rucksäcke, die Plüschtiere, eine Fotokamera, und blieb dann an einer Taucherbrille hängen, die sie schon längst besaß. Sie ist sich nie ihres Besitzes bewusst. Warum auch? Als sie kleiner war, besuchten wir oft verschiedene Spielplätze. Aus dem Umfeld der sogenannten Besserverdiener hörte sie zum ersten Mal das Wort „meins". Das Besitzen einer Schaufel sollte und durfte von anderen Kindern nicht hinterfragt werden. Der Name des Besitzers war oft dick mit Edding markiert. Ausleihen war ein Fremdwort, so blieb als letzte Chance Klauen. Ich vergrub oft Schaufeln im Sand. Am meisten gefielen mir die aus Metall mit dem Holzgriff. Diese Schaufeln waren die beliebtesten und teuersten, es machte mir wahnsinnig viel Spaß, aus der Ferne zu beobachten, wie lang nach der vergrabenen Schaufel gesucht wurde. Eine Mutter ließ eines Nachmittags nicht locker, sie durchsuchte sogar die Spieltasche ihrer Nachbarin. Sie besaß die Frechheit, dem dreijährigen Kind zu unterstellen, es sei der Schaufeldieb ihres Sohnes. Sie fand natürlich keine Metallschaufel in der Tasche von Frau Nachbarin, denn ich hatte sie tief in die Sandkiste eingegraben. Beide in pastelligen Farben namhafter Designermarken gekleidet, stritten sie sich um eine Drei- Euro- Schaufel. „Es geht ja nicht um den Wert, es geht um das Prinzip" sagte die eine zur anderen.

Das Kind, ganz in Dunkelblau angezogen, schrie sich die Kehle wund. Es wollte seine ebenso blaue Schaufel wiederhaben und keine andere, und die Mutter drohte damit, den Spielplatz nicht eher zu verlassen, bis sich ihr Besitz wieder bei ihr einfand.

Im Flugzeug wurde das Essen serviert, ich musste meine Nachbarin wecken.

Das Gute beim Essen ist, dass das Reden durch die im Mund zergehenden Bissen erschwert wird, das mag für Menschen gelten, die mit vollem Mund nicht sprechen, doch meine Nachbarin gehörte leider nicht dazu. So entschloss ich mich, mir kein Gespräch mehr anzuhören. Ich senkte meinen Kopf so tief über den Teller, dass er ihn beinahe berührte, nur um ihr zu zeigen, dass ich wahnsinnigen Hunger hatte und für die folgenden Minuten mit dem Essen beschäftigt wäre. Meine Tochter schaute mich an, als hätte sie nichts mit diesen Essgewohnheiten zu tun. Als wäre das alles nicht schon peinlich genug, verschluckte ich mich so sehr, dass ein gutaussehender Steward mit einem Glas Wasser ankam und mir leise ins Ohr flüsterte, ich solle nicht so hastig essen, es sehe gar nicht gut aus. Wie sollte ich einem Außenstehenden meine Entgleisung erklären? Die Krönung war jedoch ihr Rat, ich solle „weiblicher" essen. Sollte ich sie nun darauf hinweisen, nur mit geschlossenem Mund zu essen oder dabei wenigstens nicht zu reden? Sollte ich sie zurechtweisen, besser ganz den Mund zu halten oder ihr empfehlen, sich am besten gleich woanders hinzusetzen.

All das sprach ich wie immer nicht aus, stattdessen wartete ich auf den passenden Moment, um dann total zu explodieren. Der Moment kam nicht, und je länger ich mich zwang sie zu betrachten, umso deutlicher empfand ich ihre Bedürftigkeit. Eigentlich wollte ich, dass sie neben mir sitzen blieb, und allmählich begann ich sogar, ihre aufdringliche Art zu mögen.

Ihr Bruder lag im Sterben, eine Alkoholikerin würde sie am Flughafen erwarten und ihr Mann trieb es mit ihrer Schwester. Sie zeigte mir ein Foto, auf dem das gelbe Sommerhaus zu sehen war. Als ich nach der schönen Frau auf dem Bild fragte, bekam ich keine Antwort. Minuten später beantwortete sie trocken meine bereits vergessene Frage.

„Es ist meine Schwester, sie ist zwölf Jahre jünger als ich, geschieden, hat eine Tochter, massenweise Geld und massenhaft Zeit", listete sie auf.

„Was macht sie mit ihrer massenhaften Zeit?", fragte ich naiv. „Sie verbringt sie mit meinem Mann, im gelben Sommerhaus", brach es aus ihr hervor.

„Ich musste damals einen Mann heiraten", entschuldigte sie sich für ihre Partnerwahl. „Ich war die Älteste und obwohl sich meine jüngere Schwester und er sich vom ersten Moment an ineinander verliebten, musste ich ihn heiraten. Mutter fand mich als Dreißigjährige zu alt. Ich sollte mich benehmen und das nächtliche Fischen aufgeben. Ich ging mit Vater all die Jahre immer zum Fischen. Vater war es egal, ob ich dreißig und noch unverheiratet war. Er verdammte den Tag, als er Mutter begegnete. Mutters Wort war herrisch, sie befahl und Vater gehorchte, schließlich brachte sie ein Vermögen mit in die Ehe. Ihre Stimme war rau und ihre Zähne strahlend weiß. Sie war genauso schön wie meine Schwester. Die Jahre vergingen schnell und Mutter wurde zu dem, was sie heute ist. War das Fischen nicht das beste Alibi für mich und Vater? Schließlich waren alle meine Verwandten väterlicherseits Fischer."

Meine Tochter hörte sich ihre Story an, als ginge es um ihre Lieblingsserie.

„Und weiter, was ist dann passiert?", fragte sie neugierig. „Warum hast du ihn ihr nicht geschenkt? Du hättest weiterhin zum Fischen gehen können", hakte meine Tochter nach, und ich bemerkte, dass sie sich immer mehr von mir entfernte. Ohne mich zu beachten, gab sie ihren Senf dazu.

Mir war nicht mehr klar, in welcher Geschichte wir uns plötzlich befanden, in ihrer, in meiner? Die Erkenntnis, dass meine Tochter eine gefährliche Gemeinsamkeit mit mir teilte, war mir neu, aber nicht ganz unbegreiflich. Sie interessierte sich, wie ich mich, für menschliche Schicksale, nicht um ihre Neugier zu befriedigen, sondern mit einer besonderen Aufmerksamkeit für lebendige Erfahrungen. Eine Geschichte ist nicht leblos, wenn sie erzählt wird. Sie stirbt nur, wenn sie durch das Schweigen begraben wird. Doch einige Geschichten sollten lieber begraben werden und das war das Dilemma, das mich in diesem Fall daran hinderte nachzufragen. Ich war still, meine Tochter jedoch nicht.

Mir war es zu eng geworden. So viele Informationen auf einem Quadratmeter machten mich melancholisch. „Das hast du davon, wenn du Leute so intensiv angaffst", tadelte ich mich selbst. Sie unterhielt sich nun über meine linke Schulter hinweg mit meiner Tochter, zeigte ihr, über meinem Kopf, Fotos von der Insel. Fotos aus verschiedenen Phasen ihres Lebens, von Tintenfischen, die sie mit zwölf gefangen hatte, von ihrem Vater und dem Boot, von ihren Töchtern, als sie klein waren, von ihrer Katze und von ihm.

„Er ist Schiffsbauingenieur. Er baute Schiffe für die Marine, deswegen zogen wir nach Athen. Da fing mein Leben an, sich dem Ende zu nähern, dann starb Vater, seitdem habe ich nicht mehr gefischt", sagte sie und zeigte auch mir den großen Fisch auf dem Foto, auf dem sie strahlend neben ihrem Vater zu erkennen war.

Dabei flüsterte sie mir ins Ohr, dass sie sich in diesem Sommer in Hamburg das Leben nehmen wolle.

Ich wusste nicht, ob ich nicht besser zuerst wieder ihren Mundgeruch bekämpfe, indem ich ihr ganz taktlos noch ein Kaugummi anbot, und dann vorgab, ich hätte nichts gehört, außer eben, dass sie noch ein Kaugummi wünsche.

Doch sie bohrte sich tiefer in mein Ohr, als sie von ihrem Vater sprach, der es all die Jahre nicht geschafft hatte, die Insel zu verlassen. „Wenn ich sterbe, werft mich in das kalte Wasser, damit mich die schwarzen Fische auffressen", sang sie mir leise weiter ins Ohr. Zum Glück schlief meine Tochter zum richtigen Zeitpunkt ein. Ich hoffte, sie würde einem Kind nicht die ganze Wahrheit erzählen wollen, und wenn doch? Sie musste von Anfang an sicher gewesen sein, dass ich ihr zuhören würde. Sie hatte mich, aus dieser Masse von Menschen, auserwählt, um mir Einzelheiten ihres Lebens zu erzählen. Das allein war entscheidend genug, um weiterhin neben ihr sitzen zu wollen. Ich bin faul. Ich beobachte, wie sich alles um meinen Radius bewegt. Ich schaue nur intensiver als andere dabei zu, um bloß keine eigenen Erfahrungen zu machen. Ich erlebe durch fremde Geschichten meine eigene.

Deswegen höre ich mir die Gespräche Anderer am Nebentisch an und habe jedes Mal danach den Wunsch mich bei ihnen für die „gestohlene" Geschichte zu bedanken. Aber sie schenkte mir ihre, weil sie wusste, dass Geschichten nur durch Andere weiterleben können. Sie wusste es und ich auch. Zu welchem Himmel soll ich hochschauen, wenn die Sterne fehlen. Diesen Sommer sah ich viele Sterne, und ich sah zum ersten Mal eine Sternschnuppe. Jetzt, da der Sommer vorbei ist, sage ich mir leise: Ich schmecke, rieche, sehe, spüre nichts mehr. Anorexie der Sinne. Nach dreißig Jahren weiß ich, dass meistens der böse Wolf gewinnt. Zurück zu ihr, sie wird von ihrer Schwester und ihrem Mann getäuscht, von ihren Kindern nicht ernst genommen und von ihrer Mutter ignoriert. Ihr Vater ist gestorben, ihr Bruder wird sterben, sie will sterben. Sie wollte in ihrem Leben nur auf der Insel sein und fischen können, und nachts vom Sternenhimmel träumen.

„Menschen, die nur arbeiten, erzählen entweder von ihrer Beschäftigung oder wie sie zu ihrer Arbeit stehen. Im Gegensatz zu mir sind sie schon längst tot", sagte sie leise. „Menschen, die nicht arbeiten, beantworten die Frage ‚Wie geht's dir?' ganz anders. Eigentlich müssten sie angesichts des kommenden Todes frühzeitig erkennen, dass Arbeit den ganzen Tag nur ruiniere, nein, eher das ganze Leben."

Ich fragte nicht nach ihrem Job, sie schien so weit entfernt vom alltäglichen monetären Stress zu sein.

Sie war ihrem eigenen Tod so nah, dass alles Geld der Welt nicht reichen würde, um sie umzustimmen.

Machtlos saß ich noch neben ihr. Ich dürfte sie nicht einfach durch den Ausgang des Flughafens gehen lassen, ohne ihr noch ein Kaugummi anzubieten, und nach ihrer Telefonnummer zu fragen. Aber ich tat es. Ich begriff, dass es reine Zeitverschwendung wäre, wenn ich sie davon zu überzeugen versuchte, ihr unerfülltes Leben noch bis zum Schluss ertragen zu müssen.

Erst jetzt verstand ich ihre tiefe Abneigung der Zeit gegenüber. Ihre vergangenheits- und zukunftslose Haltung, die sich hinter den blätternden Kreuzworträtseln verbarg, ihre Angst vor dem Fliegen oder die Szene mit der Sauerstoffmaske, all das hätte paradoxerweise ihrem Tod, nur die Zufälligkeit eines Unfalls verliehen. Sie wollte einmal etwas Eigenes aus ihrem Leben machen, es selber organisieren, es selbst erarbeiten und selbst auslöschen.

„Die Zeit ist reif", sagte sie, „der September war schon immer ein schöner Monat, um zu gehen. Anfang September verließ ich jedes Jahr die Insel. Als die Kinder noch klein waren, blieben wir den ganzen Sommer auf der Insel. Mein Vater begleitete uns bis zum Hafen. Vom Schiff aus, sah ich seinen wackeligen Schritten nach, wie sie schneller wurden, um sich vor unseren Blicken zu verstecken. Mein Vater starb vor sechs Jahren und ich mit ihm. Fern von allen mir feindlich Nahestehenden will ich sterben und ihnen die Überführungskosten und das Chaos mit der griechischen Kirche, die keine Selbstmörder begraben will, überlassen. Ha, da kommt ´ne Menge Schande auf sie zu", grinste sie mich kurz an.

„Ich will kein Leben mehr. Mein Abschied soll meinem Mann seine gut organisierten Pläne durcheinanderbringen. Ich werde erst mal mit Hilde saufen und dann wird der Tag kommen. Sie erwartet mich schon." Den Namen Hilde gebrauchte sie zum ersten Mal, statt Alkoholikerin oder Deutsche, ein Fortschritt. Ich war erstaunt über ihren Racheakt, der jede offene Rechnung begleichen würde.

Schade, dass sie nicht vorhatte, bei der Frau ihres Bruders in Hamburg zu bleiben und von der Scheidung zu profitieren. Aber das sind vielleicht nur Gedanken einer verwirrten Dreißigjährigen, die sich mit ihrer eigenen Geschichte zu wichtig nimmt.

„Wann sind wir da?", fragte sie mich.

„In einer Stunde", antworte ich und wünschte mir nichts mehr, als den Mord an ihrem Mann.

„Wie heißt du eigentlich?", fragte sie nach zwei Stunden, ich dachte schon, sie fragt nie.

„Stella, und du? ", ich lächelte sie an.

„Eleni", antwortet sie kurz mit der Betonung auf dem zweiten „e". In meiner ganzen Kindheit war der Name Eleni mit etwas Schönem verbunden. Diesen Mythos liebt meine Tochter. Das ist die Geschichte von Menelaos und Co. historischer Greco Mist, der sich trotz aller Bemühungen immer mal nach oben schmuggelt. Sie sah gar nicht wie eine Eleni aus. Gut, dass sie nicht Aphrodite hieß, denn auch dieser Name kann einem zwar bis zur Taufe vollkommen gleichgültig sein, doch ab der Schulzeit nicht mehr.

Die Aphrodite aus meiner Schulzeit sah gar nicht danach aus. Als wir das Kapitel der schönen Aphrodite durchnahmen, fehlte sie. Gut, dass sie sich die grausamen Kommentare der Jungs somit ersparte. Zum Glück nahmen wir die Geschichte der schönen Eleni nicht durch, denn unsere Eleni sah schlimmer als die Aphrodite aus.

Eltern, die sich darüber keine Gedanken machen und nur an ihre „Vorfahren" denken, sind definitiv am grausamen Spiel der grausamen Kinder beteiligt. Sie müssten mindestens für die Kosten, die durch die therapeutischen Sitzungen und plastischen Schönheitsoperationen entstehen, widerstandslos aufkommen. Ich muss sie manipulieren, muss sie vom Selbstmord abbringen und zu einem Mord umstimmen. Ich muss ernst werden, muss sie unbedingt wiedersehen. Der Flug dauert noch dreißig Minuten, das reicht nicht aus, um einen Mord zu planen. Meine Tochter schaute sie an, als wüsste sie viel mehr als ich. Habe ich etwas verpasst? Nein, ich bin nur eifersüchtig auf sie. Sie schaffte es in weniger als einem Flug, ihre Geschichte bedeutender zu gestalten und all meine Gute-Nacht-Geschichten in den Schatten zu stellen. Am Flughafen wartete keine rote Hilde wie beschrieben, stattdessen winkte ihr eine hölzerne Person zu. Ihr graues Haar verdeckte das trübselige und faltige Gesicht. Eleni verabschiedete sich mit einem Kuss von meiner Tochter und schenkte ihr zum Abschied ihren glitzernden Kugelschreiber.

„Er ist für dich, du magst ja seine schöne Farbe, ich brauche ihn nicht mehr."

Ich durchbrach den Satz mit einem „Leb wohl" und bevor ich ihr meine Telefonnummer geben wollte, flüsterte sie mir ins Ohr: „Machen wir es kurz bitte, ich werde erwartet."

Von wem wurde sie erwartet, doch nur von Hilde und sie hatte so viel Zeit. Ich musste sie wiedersehen, sie abhalten vom …

Bevor ich nachdenken konnte, packte sie ihr Gepäck und war fort. Ihre Weisheit blieb mir bis zu diesem Moment schleierhaft, doch als sie den Gang dahin stolzierte, Richtung Exit, verwandelten sich ihre kleine Geschichte und das, was ich augenblicklich empfand, zu einem unheimlichen de´ja´-vu.

Sie war unerreichbar. Ich war darauf gefasst, in unabsehbarer Zeit über ihren Selbstmord in den Zeitungen lesen zu müssen, wie sie von einer Brücke ins kalte blaue Wasser gesprungen sei. Ich ging den Gang entlang und hörte deutlich ihre Stimme, wie sie auf Deutsch pausenlos „Nein" kreischte.

„Hörst du sie, Mama? Beeile dich Mama. Vielleicht ist ihr etwas passiert." Sie hielt mich an der Hand und zerrte mich so, wie ich sie früher, als sie noch kleiner war. Ich ließ mich wehrlos von einer kleinen Hand ziehen und sagte nur „Geh nicht so schnell!". Ich rechnete mit dem Schlimmsten und was sah ich? Eleni, sie saß gemütlich mit ihrem breiten Po auf den kalten Kacheln des Flughafensaals und fasste sich an den Kopf. Hilde stand wie ein Baum neben ihr.

Erfreut, sie so schnell lebend wiederzusehen, näherte ich mich ihnen. Sie teilte mir die Todesnachricht vom ertrunkenen Liebespaar mit: „Mann und Schwester sind tot." „Dann bist du sie ja für immer los", sagte ich naiv. „Nein, nein, versteh doch, mein Plan, er ist nun eine Illusion, sie starben gemeinsam auf dem Schiff und ich?", fragte sie klagend. „Ich habe verloren, ich wollte mich rächen, doch sie waren schneller als ich, wie immer, gemeinsam schneller und gegen meine Pläne." Meine Tochter gab ihr unsere Telefonnummer und bat sie, uns anzurufen, um ihr ihre Lieblingsbrücke zu zeigen.

Am nächsten Tag rief sie an und wir trafen uns an den Landungsbrücken. Sie kam mit Hilde.

„Ich kann es immer noch nicht fassen", sagte sie. „Die Konstruktion des Schiffes machte er selbst vor siebzehn Jahren. So ein Schicksal kann doch kein Zufall sein. Während des Missgeschickes" kicherte sie, „schaute sich die gesamte Schiffsbesatzung ein wichtiges Fußballspiel an und so stand der Kollision mit dem Felsen nichts im Wege. Vierzehn Tote." „Apropos Tote, wir waren heute im Krankenhaus". Hilde sprach!!! Ihre Stimme war sanft und fließend. Die beiden blickten sich an, wir warteten auf ein Happy End. „Das, was wir dir jetzt erzählen, darf bitte nicht als Mord interpretiert werden." Sie holte sich einen Blick von Eleni als Bestätigung und fuhr fort: „Wir waren heute morgen im Krankenhaus und haben ihn von seinem klinischen Tod erlöst. Wir fliegen in drei Stunden, es ist kein Mord, es ist nur …ich nehme mir nur mein Leben zurück", erzählte Hilde bündig und beide verschwanden heulend. Drei Wochen später bekam ich ein großes Paket, mit eingelegtem Oktopus und vielen bunten Fotos.

Das gelbe Sommerhaus war nun weiß mit blauen Fenstern und Türen. Eleni und Hilde trugen keine schwarzen Kleider, wie es sich für Witwen gehört. Sie wurden glückliche Fischerinnen. Nehme ich an. Und wenn sie nicht von großen Haifischen gefressen wurden, so fischen sie noch heute.

Kiato

Ein Friedhof, am Eingang des Dorfes. Ein braungebrannter Mann, lächelt mich an. Es ist der Gärtner. „Kann ich dir behilflich sein, wen suchst du?" Ich antworte nicht. Ich antworte nicht, weil ich niemanden suche und weil mich hier niemals jemand suchen wird. Er öffnet seinen kleinen Mund, als würde er nach Luft schnappen wollen. Sein ausgeraubter Wald besteht aus vier Zahnlücken, einer silbernen Zahnbrücke und einer lauten Stimme. Er ruft seiner Frau über die Gräber hinweg zu: „Die Touristen haben sich verirrt Maria, sie glauben, überall wäre Archäologie zu finden." Doch Maria ärgert sich viel mehr über seine unverschämte Lautstärke als über meine Anwesenheit, die sie eh ignoriert, weil sie die Gräber von Ungeziefer befreit, als würde sie den Toten freien Atem verschaffen wollen. „Niko, schäm dich, so laut zu schreien", giftet sie ihn nur an und widmet sich weiter ihrem Ungeziefer, so wie es in Hamburg meine Nachbarin Uta tut, wenn sie zu ihrem Bruno spricht, während sie sich Rosen schneidet, aus ihrem eigenen Gartenbalkon. Bruno hat Uta niemals eine Rose geschenkt. Bruno und Uta waren niemals im Ausland. Schließlich hat Uta ihren Gartenbalkon und den verlässt sie nie. Utas Gärtchen besteht nur aus Rosen, genauso wie ihre Bettwäsche. Rote Rosen schmücken ihren Beischlaf mit Bruno. Uta und Bruno sind nun dreißig lange Jahre zusammen. Sie liebt ihre Rosen genauso, wie er seine Ruhe liebt. Marias schwarzes Kopftuch und ihre dunkle, durch die Sonne leicht ergraute Kleidung, verhüllen eine ehemals schöne Frau, die vor fünfzig Jahren nach Amerika ausreisen wollte, es aber nicht schaffte, ihre Eltern zurückzulassen. Stattdessen heiratete sie Niko. „Maria, was meinst du, kann meine laute Stimme Tote wecken? ", ruft er ihr noch mal unüberhörbar zu. Sie schweigt, rührt sich nicht vom Fleck und flüstert nur ihrem Ungeziefer etwas ins grüne Ohr, während sie in der Hand ein kleines Messerchen hält. Worte, die bestimmt kein anderer hören soll. Ich aber habe sie gehört. Es ist Mittag und das Meer liegt direkt vor mir. Es ist Mittag und die Sonne brennt auf meinen Schultern. Es ist Mittag und ich verirre mich auf diesem Friedhof. Es ist der hellste Friedhof, der kühlste und der salzigste. Über jedem Grabstein weht eine leichte Prise Salz. So, als würde der Wind seine Tränen auf ihnen trocknen. Wäre ich tot, würde ich mich hier wohl fühlen. Würde ich mir einen Platz an der Sonne reservieren dürfen, ich würde diesen zum Sterben wählen. Nicht zum Leben. Das Dorf ist einen Kilometer vom Friedhof entfernt und das Meer einen Hauptsatz plus einen Nebensatz entfernt. Niko liebt Maria auf seine Art. Maria liebt Nikos Art nicht besonders, sie hat sich an ihn gewöhnt, wie auch an seine Art. Maria war irgendwann vor vielen Jahren eine sehr hübsche Frau gewesen. Maria liebte all die Jahre einen anderen. Einen Toten. Sie nahm die Arbeit auf dem Friedhof an, um tagtäglich bei ihrem Geliebten sein zu dürfen, der im Krieg gefallen ist.

Das war auch der Grund, weshalb sie nach Amerika ausreisen wollte.

Das war auch einer der wichtigsten Gründe, warum sie nicht nach Amerika ausgereist ist. Ihre Eltern waren nur ein Vorwand, um nicht das große Schiff zu betreten. Der wahre Grund lag tief unter der Erde, dort wo sie täglich das Ungeziefer entfernt. Etliche Jahre Tage sind vergangen, doch ich kann mich von diesem Anblick nicht befreien. Ich blieb an einem Grabstein stehen und rechnete mir das Alter der Verstorbenen zusammen. Dieser Mensch lebte 99 Jahre und drei Monate, neben ihm lag seine Frau mit 89 Jahren, die nach meiner Berechnung zwei Monate nach ihm starb. Hinter mir saß die ganze Zeit auf der kieselsteinigen Erde, eine alte Frau, die ich erst jetzt bemerkte. Sie schmückte das Grab ihres Mannes. Nach meiner Berechnung starb er vor einem Monat. Es war ein Autounfall, sagte sie weinend und fragte mich genau dasselbe wie der Gärtner. Ich tat so, als könne ich nicht sprechen. Sie griff meine Hand und zog sich an mir hoch. Ich gab ihr ein Taschentuch, sie hielt meine Hand weiterhin fest und tupfte sich den Schweiß von der Stirn. Sie war ungefähr sechzig und ich zählte keine Zahnlücken mehr. Sie zeigte mir ein anderes Grab, das Grab ihres Bruders und dann noch ein Grab, das Grab ihres Sohnes und zum Schluss das Grab ihres Mannes. Sie nahm meine Hand und zog mich weiter. Ich kam mir vor, als zog mich eine Reiseführerin durch das Reich der Toten. Niko, der Gärtner, zog gelassen an seiner Zigarette und freute sich, dass er noch am Leben war. Sein Blick richtete sich andauernd auf meine rasierten Beine. Meine klagende Reiseführerin im Reich ihrer Toten ließ meine Hand nicht los. Sie sang mir leise ein Lied vor, bei dem ihre Stimme zitterte, als rezitiere sie eine Strophe aus Sophokles „Antigone". „Die Toten ließen mich im Stich, nahmen mich nicht mit, was soll mein Dasein, wenn ich doch lieber tot sein will, ich lege mich jeden Abend an ihren Gräbern zum Schlafen nieder und träume, ich wäre bei ihnen." Das Klagelied kannte ich von meiner Großmutter. Sie sang es, als mein Großvater starb. Er war ein Tyrann, doch Großmutter liebte ihn, auch ohne sein Gebiss. Niko, der Gärtner nahm die weinende Frau mit sich, doch sie wehrte sich. Sie sang weinend weiter, bis sie ohnmächtig auf das Grab ihres Sohnes fiel. Ich wünschte mir, sie würde ihren Toten folgen. Niko hörte meine leisen Gedanken, er schaute mich böse an, und ich blickte nur verlegen auf seine vier Zahnlücken. Seine Frau Maria kam mit einem nassen Tuch und befeuchtete das seltsam erlöste Gesicht der Frau. „Es ist endlich so weit, Niko, Gott nahm sie endlich zu sich", sie bekreuzigte sich und schaute zum Himmel. „Wen holt sie jetzt als Nächstes zu sich?" Die Sonne prallte auf die Stirn der Toten. In ihrer Hand hielt sie noch immer das Taschentuch, das ich ihr kurz zuvor gegeben hatte. Gegenüber, das Meer. Sonnenschirme in Weiß und Liegestühle aus Holz. Ich tauchte in das kalte Wasser ein und sah all die Gesichter des Friedhofs auf dem Meeresgrund. Sie schwammen direkt neben mir. Sie winkten mir zu und ich versuchte, den Satz von Maria zu deuten. Was meinte sie bloß damit? Nachts leuchtete der Himmel voller Sterne, ich schaute nach oben und auch dort sah ich die toten Gesichter. Ich schloss kurz meine Augen und als ich sie wieder öffnete, waren die Gesichter der Toten immer noch da. Seit diesem Tag glaubte ich, eine von ihnen zu sein. Ich schaute mir friedlich den Himmel an, wollte die Sterne zählen, stattdessen sah ich Tote. Verdammt noch mal, die alte Maria, was wollte sie bloß damit sagen? Am nächsten Morgen setzte ich mich zu den Alten des Dorfes. Ich suchte Maria, doch ich fand sie nicht. Ich erfuhr nie, was sie damit sagen wollte, denn ich sah sie nicht mehr. Ich betrachtete jeden Tag die Straßenlaternen, an denen in DIN-A4 Format, in byzantinischer Schrift, die Todesanzeigen und das Alter der Verstorbenen hingen. Ich fragte im Dorf den Zigarettenverkäufer, ob er Maria kennen würde. Er unterbrach mich. Ich wollte noch hinzufügen, dass sie für die Schönheit des Friedhofes zuständig sei, kam aber nicht dazu, denn er lachte breit und laut. Ich starrte nur auf seine goldenen Zähne. „Jede zweite Frau heißt hier Maria."

„Aber nur eine ist Tag und Nacht auf dem Friedhof und schmückt die Gräber." „Ja, nur eine war Tag und Nacht auf dem Friedhof, nur eine redete mit den Toten und sie ist jetzt selber tot." Bevor ich fragen konnte, was geschehen war, erfuhr ich, dass sie vor zwei Tagen tragisch verunglückte. Ich wusste nun, wer die Nächste gewesen war, aber wen würde sie sich als Nächstes holen? Ich versuchte nicht daran zu glauben, obwohl ich nun ein neues Gesicht im Himmel und auf dem Meeresgrund sah. Ich trank einen süßen Mokka und blickte hinunter in die Bucht. Um mich herum setzten sich nur alte Menschen hin. Die Jüngeren dagegen saßen nicht. Sie hatten an Schultern und Nasen Sonnenbrand und hatten braunes oder blondes Haar.

In der einzigen Dorf-Taverne servierten nur diejenigen, die einigermaßen gut die Dorfsprache beherrschten. Die Übrigen arbeiteten in der Land- und Hauswirtschaft. Sie wirkten traurig und überarbeitet. Alle hatten einen griechisch-orthodoxen Namen und trugen ein schweres goldenes Kreuz auf der Brust. Die

Frauen trugen dazu noch entweder einen Besen oder eine Plastiktüte voller Obst und Gemüse. Der ganze Ort war voll heiliger Namen wie Christina, Dimitra, Eleni, Antonia, Maria. Christina bediente im Café. Sie hatte einen kleinen Busen, groß geschminkte Augen und einen breiteren Po. Auch sie trug ein unübersehbares schweres Kreuz auf ihrer Brust. „Die Albaner heißen alle so, du findest niemanden, der seinen Namen behalten durfte", sagte sie, als sie meine Frage nach ihrem Namen höflich, aber mit einem leicht zynischen Unterton, beantwortete. „Warum?", fragte ich naiv. „Damit sie bessere Berufschancen haben. Welcher Grieche gibt einem Attila, einem Hassan oder einem Mehmet gerne Arbeit? Die Griechen wollen außer ihren Heiligennamen nichts anderes hören. Namen wie Ali und Hassan erinnern sie an schlechte Zeiten, an Zeiten, als sie erobert wurden. Aus Tatjana wurde ich zu Christina, doch meine Mutter nennt mich Christiana." Sie zeigte auf einen müden, dünnen Mann, der eine Flasche Bier kaufte und sich dann neben die gut genährten Dorfbewohner setzte. Der Stuhl, auf dem er saß, wackelte. Das eine Stuhlbein war kürzer als die anderen drei.

Der Sitz war aus hartem unbequemen Stroh. „Das ist mein Vater", sagte sie, während ich an ihrem Kreuz hängen blieb. Ich sah einen Menschen, der aus seiner Bierflasche den anderen Dorfbewohnern einschenken wollte. Er nahm diesen ärmlichen Stuhl, obwohl er sich auch einen bequemeren Plastikstuhl hätte aussuchen können, und setzte sich an den äußersten Rand einer großen Tischrunde. Ich sah seine zwei Zahnlücken und seinen gesenkten Blick. Ich hörte, wie unverschämt ein dicker Dorfbewohner mit ihm sprach. Ich hörte, wie er ihn fragte, warum er hier sitze, wenn er doch ein Albaner sei, schließlich wären Albaner nur in Griechenland, um zu arbeiten. Dabei lachte er, wie ein Freier, der einer Prostituierten ein paar Scheine auf den Boden hinwirft, um sie auf allen vieren kriechen zu sehen. Ich hörte, wie seine Sätze sich ausbreiteten und zum Gespräch der ganzen

Tischrunde wurden. Ich hörte, wie aus dem Gespräch der Tischrunde eine sommerliche Hinrichtung wurde. Ich hörte, wie Christinas Vater, als Überlebender dieser Hinrichtung, ihm höflich erwiderte, dass er Mittagspause habe. Den weiteren Dialog weigerte ich, mich anzuhören. Ich sah, wie die großen Augen von Christina immer größer wurden. Ich bat sie, mir ein Glas Wasser zu bringen, um sie von der Szene gegenüber abzulenken, doch eigentlich wollte ich sie fragen, warum sie so ein großes Kreuz am Herz trägt und ihr noch ein Kompliment wegen ihrer strahlend weißen Zähne machen. Die Hinrichtung überlebte ihr Vater täglich aufs Neue.

Sie aber nie. „Siehst du jetzt, warum meine Mutter mich Christiana nennt. Es hat dieselbe Melodie wie Tatjana", sagte sie, während sie sich neben mich setzte. Sie zündete sich hektisch eine Zigarette an und drehte ihrem Vater und den anderen den Rücken zu. Sie drehte Opfern und Tätern den Rücken zu und war nur Zuhörerin. Sie drehte ihnen den Rücken zu und war ihre stille Beobachterin. Sie wurde zu einer Zeugin, sie wurde zu einer stillen Augenzeugin, die nur Bestellungen aufnahm. Bei jeder Bestellung hörte sie das Verlangen nach Liebe.

Bei jedem großmäuligen Satz hörte sie einen schweren Punkt kommen. Sie hörte, wie die Zeit der Henker ablief. Sie hörte, wie sich der dicke Punkt allmählich in ein erdrückendes Ende verwandelte. Ein bleischweres Ende mit einem Grabdeckel oben drauf. Sie ahnte, dass diese Sätze nur einen Zweck erfüllten, den der Gruppendynamik, da die Eigendynamik sich der Schwäche näherte. Sie hasste es, wenn ältere Menschen Gift hinter sich versprühten, um den Weg der Kommenden oder Bleibenden zu verseuchen, aus reiner Missgunst, nur weil sie bald gehen müssen. Sie konnte sich an ihren Großvater erinnern, der ihre Mutter bis zu seinem Lebensende nicht mit ihrem Namen ansprach, weil sie aus einer sozialistischen Familie kam. Er starb mit vierundachtzig. Er versteckte seine Ersparnisse bis zum letzten schweren atemlosen Punkt unter seiner Matratze. Eine Matratze ist der sicherste Ort, an dem sich nicht nur Läuse einquartieren und vermehren, sondern an dem, ältere Menschen ihre Scheine plattdrücken, um keine Angst zu haben, vom Staat hintergangen zu werden. Mit diesem Geld reiste die Familie nach Griechenland ein, bestach die Grenzschutzpolizei, mietete ein Zimmer, in dem die weißen Kacheln rund um das Klo und die Kochnische, die hellste Harmonie im Raum darstellten. „Der eine da drüben hat mich getauft, er ist der Lehrer des Dorfes." „Bist du hier im Dorf zur Schule gegangen," fragte ich. „Ja, ich musste erst getauft werden, um hier zur Schule zu gehen. Ich bin froh, dass die Schulzeit vorbei ist." „Warum?", fragte ich wieder.

„Weil sie uns Altgriechisch lehrten, obwohl wir kein Wort Griechisch sprachen, und das Geld für Nachhilfeunterricht besaßen wir nicht. Also fing ich früh an, hier im Café zu arbeiten, doch richtig bezahlt werde ich erst seit einem Jahr und nur deswegen, weil kein Grieche hier arbeiten will." Christina alias Tatjana stand auf und ließ den Stuhl neben mir stehen. Ein Wagen fuhr vorbei. Darin saßen zwei bunt angezogene Frauen und ein dunkler Mann mit einem riesigen zirkusartigen Schnurrbart. Er verkaufte Plastikstühle, Bettzeug und Wassermelonen. Durch einen Lautsprecher pries er seine Waren an. Seine Stimme war verraucht und seine Zähne leuchteten. Sie waren bis einen, alle aus Gold. Eine der bunt gekleideten Frauen stieg von dem vollbeladenen Wagen. Sie fragte, ob jemand sich mit Spritzen auskenne. Ihr Kind sei krank. Sie kam auf mich zu, setzte sich an den Tisch und bat mich, ihr zu helfen. Ein kleines Kind rannte im selben Moment auf die Straße. Eine grau gekleidete ältere Frau rief seinen leichten Kinderschritten nur einen Satz hinterher: „Lauf ruhig weiter, die Zigeuner nehmen dich gerne mit!" Das Kind bremste schlagartig ab und rannte weinend und verängstigt zu seiner Großmutter zurück, die, wie es schien, auf das Auftauchen der Sinti gewartet hatte, damit der Kleine sein zweites hart gekochtes Ei, essen sollte. Die Szene erinnerte mich an meine Tante, die meiner Mutter verboten hatte, mit Sintis zu sprechen, geschweige denn, von ihnen etwas zu kaufen. Meine Mutter hörte nicht auf diesen mittelalterlichen Blödsinn und kaufte von ihnen einen persischen Teppich. Der Teppich wurde nicht nur ausgeklopft wie der Teufel, er musste sogar von einem Priester gesegnet werden. Bestimmt hat das Kind den bedrohlichen Satz: „Iss, oder die Zigeuner kommen dich holen" oft gehört. Diese Szene wird das Kind traumatisieren, es wird sie nie vergessen. Die bunten Kleider, die goldenen Zähne, die Plastikstühle, das kranke Kind im Wagen und sein zweites hartes Ei. Es wird von nun an sein zweites Ei immer brav essen. Sich seine eigenen Sinti Schauergeschichten zusammenreimen, die ihm dann ganz alltägliche Situationen als bedrohlich erscheinen lassen werden, um ihm die Entscheidung abzunehmen, wenn es heißt, Ei aufessen oder stehen lassen. Genauso wird das Nachbarkind sein zweites Ei brav aufessen, bevor die Sinti- Frau auftaucht und das nette Schneewittchen vergiftet. „Gute Frau, du kennst dich bestimmt mit Spritzen aus?", sagte die Sinti-Frau in einem Greco- rumänischen Dialekt, der sich sehr postmodern anhörte. „Ich kann das nicht machen, ich bin kein Arzt", erwiderte ich leicht beschämt darüber, dass ich ihr meine Hilfe verweigerte. Sie verließ meinen Tisch und ging zum nächsten, doch der dicke Grieche beschimpfte sie nur. „Hilft mir doch, mein Kind ist krank", flehte sie weinend. Christina alias Tatjana beschrieb ihr den Weg zum Krankenhaus, das sich im nächsten größeren Ort befand. Die Frau küsste Christinas alias Tatjanas Hand und fuhr mit ihrem Mann und dem vollbeladenen Wagen die Straße hinunter. Ich saß auf einem hölzernen Stuhl, der unbequem und wackelig war, bis ein alter Mann auf mich zukam, um mich für mein Verhalten zu loben. „Das hast du gut gemacht, mein Kind, das sagen sie jedes Mal, wenn sie sich hier breitmachen wollen, sie haben das Betteln im Blut. Weißt du, wie viel Geld sie besitzen? Schau dir bloß ihre Zähne an, sie sind alle aus Gold", sagte er und verließ meinen Tisch. Ich erwiderte, „Ich würde gern helfen, wenn ich könnte, doch ich kenne mich mit Spritzen nicht aus, sie machen mir Angst." Er hörte mir nicht mehr zu und ich schämte mich umso mehr, ihr nicht geholfen zu haben.

Die Fliegen in diesem Dorf waren schnelle Flitzer. Sie flogen wie Hubschrauber über meinem Lieblingscafé. Der Versuch, sie zu treffen, war zwecklos, ich traf immer nur mich selbst. Die Alten kümmerten sich nicht um die Fliegen, wenn sie kurz auf ihren Ohren oder Nasen parkten. Die meisten Dorfgreise waren Nichtraucher und besessene Backgammon - Spieler. Ihre Würfel warfen sie an die Ränder des hölzernen Spiels und waren glücklich über das Klappern, der Würfel. Je lauter sie das Geräusch der fallenden Würfel hörten, desto mehr gab ihnen das Spiel ein Gefühl der Lebendigkeit. Die alten Dorfbewohner sprachen kaum. Sie spielten den ganzen sonnigen Sommer, und den ganzen kalten Winter Backgammon. Den Winter warteten sie auf

Mandarinen und den Sommer auf Honigmelonen. Ihre Frauen waren meistens zu Hause, backten, kochten und schauten sich im Fernsehen brasilianische Telenovelas an. Sonntags gingen sie in die Kirche, während ihre Männer in der Taverne weiter Backgammon spielten.

„Wo sind die Frauen?", fragte ich Cristina alias Tatjana. „Die meisten kochen um diese Uhrzeit", antwortete sie schmunzelnd. „Bist du alleine hier oder mit deiner Familie?", fragte ich neugierig. „Ich kam mit meinen Eltern vor ungefähr sieben Jahren aus Albanien hierher. Am Anfang waren sie sehr nett zu uns, dann verlangten sie, dass wir unsere Namen ändern und uns taufen lassen. Dann kürzten sie uns unsere Löhne, und jetzt wollen sie uns kaum noch. In Athen ist es noch schlimmer. Als ich dort auf die Arbeitsuche ging, fragten sie mich, aus welchem Bordell ich komme. Deswegen das Kreuz," lächelte sie mich an und blinzelte mir zu. Das kam mir alles bekannt vor. Auch meine Eltern wurden bejubelt, als sie nach Deutschland kamen. Auch sie bekamen andere Namen. Inoffiziell natürlich. Mein Vater war Nummer acht an der Druckmaschine und meine Mutter hieß Wasser, weil der Name Vassiliki zu lang war. „Wie ist es mit deiner Aufenthaltserlaubnis?", fragte ich weiter.

„Ich habe eine, meine Eltern auch, doch nur, weil mein Vater das Haus vom Lehrer fast umsonst gebaut hat. Bei dem arbeitet auch meine Mutter, sie macht dort sauber. Bald ist auch unser Haus hier im Dorf fertig. Das sehen die Dorfbewohner gern, weil sie dann glauben, wir lieben Griechenland." „Und der Laden, wem gehört er? Warum wurdest du vorher nicht richtig bezahlt?" Sie sagte nur leise: „Frag nicht so viel", und ich fragte nichts mehr. Die Fliegen waren in diesem Dorf verdammt clever und meine Nerven am Ende. Sobald sie nur den Hauch einer meiner verzweifelten Bewegungen spürten, flogen sie fort. Abends musste ich erst auf Fliegen- und Mückenjagd gehen, bevor ich mich zum Schlafen hinlegen konnte.

Ich benebelte mich mit Lavendelduft, doch es war alles wirkungslos. Die Fliegen jubelten über mein ökologisches Gehabe. Die Hamburger Fliegen würden sensibler sein und sich kulanterweise abschrecken lassen, aber gegen diese Dracula- Wesen hier war ich machtlos.

Ich kaufte etwas Hartnäckigeres. Dies bewirkte nur bei mir etwas. Kopfschmerzen. Also kaufte ich Depon- Tabletten, die griechische Version von Aspirin, um den Kopfschmerzen zu entfliehen. Doch statt der Kopfschmerzen, die von den Depon- Tabletten besiegt wurden, bekam ich Magenschmerzen. Ich musste diese elenden Kreaturen ignorieren, mit der Folge, von ihnen zu träumen. In meinen Träumen saugten sie mein Blut. Sie vergifteten es und töteten mich. Ich war ihnen somit sowohl im wachen als auch im schlafenden Zustand schutzlos ausgeliefert. Plötzlich verstand ich die Haltung der Alten, die es widerstandslos zuließen, dass sich die Fliegen ihrer Haut bemächtigten.

Es war den alten vollkommen gleichgültig, ob die Fliegen zuvor auf einer Wassermelonenscheibe saßen oder auf einen Hundehaufen. Die allerschlimmsten Fliegen hatten eine leicht grüngoldene Farbe. Sie stachen schneller, als ich das Wort Fliege aussprechen konnte. Diese elenden Kreaturen ernährten sich von Kot, Urin und Blut. Sie kannten die sommerliche menschliche Schwäche, bei Hitze Schweiß zu produzieren. Diese Kreaturen wussten, dass es angenehmer ist, draußen auf dem kühlen Balkon zu schlafen als im schwülen Schlafzimmer. Christina alias Tatjana reagierte seltsam auf meine vorherige, Frage bezüglich des Ladens. Am nächsten Tag bestellte ich einen Mokka und setzte mich wieder an derselben Stelle hin. Ich stellte mir das Leben meiner Mutter als unerwünschte Arbeitskraft vor. Ich konnte mich an ein Foto erinnern, auf dem sie und ihr Koffer zu sehen waren. Ein brauner kleiner Koffer, genau wie der braune Schmerz in den Augen meiner Mutter. Ein brauner kleiner Koffer, genauso braun wie das braune Kleid, welches sie trug. Ein brauner kleiner Koffer, genauso braun wie ihr Haar. Ein brauner Koffer, ein braunes Kleid, ein brauner Wollmantel und ein endloser brauner Schmerz, waren ihr ganzer Besitz. Meine Mutter war damals siebzehn, als sie Griechenland verließ. Sie wurde mit achtzehn Fabrikarbeiterin. Die Karriere einer Fabrikarbeiterin war mit einer Eheschließung verbunden. Sie war eine Art Beförderung. Ein sozialer Aufstieg. Christina alias Tatjana trug ein Kreuz um den Hals, ohne daran zu glauben. Sie lernte Altgriechisch und kannte alle „rechten" Politiker der letzten zehn Jahre. Über die Militärdiktatur hatte sie niemals etwas Schlechtes in der Schule gehört und ohne etwas über Onassis zu wissen, hörte sie sich Callas, CDs an. Und ohne es zu wollen, würde sie bald heiraten. Christina alias Tatjana setzte sich wieder zu mir. Sie erzählte mir so nebenbei, dass sie in einer Woche den Ladenbesitzer heiraten wird. „Er ist nett. Durch die Heirat werde ich im Dorf eine andere Frau sein. Ich werde ihnen nicht mehr den Rücken zudrehen, wenn sie meinen Vater beleidigen. Sie werden mich grüßen und achten. Sie werden hinter meinem Rücken schlecht über mich reden, aber niemals vor mir. Niemals mehr." Christina alias Tatjana würde diesen Mann aus demselben Grund heiraten, wie sie das Kreuz trug. Christinas zukünftiger Mann war zwar nicht besonders attraktiv, aber ganz gescheit, wenn es ums Geld ging. Er ließ sich sein zweites Haus, sein drittes Hotel bauen und heiratete seine vierte Frau. Seine vorigen Frauen verließen ihn auf mysteriöse Weise, meistens nachts mit einem seiner Kellner. Dies war der Grund, weshalb er ein junges unerfahrenes Mädchen wie Christina alias Tatjana einstellte. Dass er sie nach Jahren heiraten würde, gehörte nicht zu seinem Plan. Christina alias Tatjana war eine hübsche Frau. Mit dieser Heirat würde er sich den Traum jedes Mannes erfüllen, außerdem würde er ihr keinen Lohn mehr zahlen müssen. Er hätte eine schöne Frau neben sich, mit der er angeben würde und sie hätte damit ihren sozialen Aufstieg im Dorf erreicht. Welchen Preis beide dafür bezahlen würden, ist der Stoff, aus dem brasilianische Telenovelas gemacht werden. „Wie viel kostet eine echte Chanel- Brille?", fragte sie mich fast kindlich. „Weiß ich nicht, kommt darauf an, welches Modell du haben möchtest", sagte ich erwachsen. „Wenn ich dir Geld gebe, kannst du mir dann eine Brille kaufen und sie mir schicken. Ich möchte so eine wie die, die Maria Callas vor der Akropolis trug. Sie soll dunkel und groß sein, sie soll mich verstecken, sie soll mich nicht nur vor der Sonne schützen, sie soll meine Blicke vor den anderen verstecken." „Vor welchen anderen?", fragte ich kindlich. „Na, vor denen." Sie zeigte nicht mit dem Zeigefinger auf die anderen Dorfbewohner, sondern bewegte nur den Kopf, als würde sie einen Ball Richtung Tor köpfen. „Ich kann nach Athen fahren und dir eine Callas - Chanel - Brille besorgen." „Würdest du das tun?" „Wenn es wichtig für dich ist und dich glücklich macht. Ich fahre diese Woche noch." Die Bushaltestelle befand sich gegenüber vom Friedhof. Ich schaute mir wieder die Fotos der Verstorbenen an. Ich entdeckte Maria auf einem Foto. Neben ihr Niko. Ich fragte mich, wie einige Menschen es schaffen, wie Maria Callas, an gebrochenem Herzen zu sterben. Wie sie es schaffen, tot neben ihren Geliebten zu ruhen. Ich fand es erstaunlich, dass Niko einige Tage nach seiner Maria starb. Noch erstaunlicher fand ich es, dass er seine Maria neben ihrer jahrelang ersehnten Liebe beisetzte. Er setzte Maria neben seinem ewigen Rivalen bei, dem Mann, dem Maria jahrelang nachweinte, während sie das Ungeziefer von seinem Grab entfernte. Maria lag nun glücklich zwischen ihren beiden Männern. Ich fand mich und meinen Friedhof-Tourismus erbärmlich. Ich fand meine begierigen Blicke und das Nachzählen der Lebensjahre armselig. Was für eine Rolle haben Lebensjahre, wieso zählt keiner die Liebesjahre? Weil sie tief verborgen sind. Dieser Friedhof erschien mir plötzlich wie eine Leinwand voller Romanzen, voller Liebespaare zu sein. Es schien, als wäre er ein Sammelpunkt von Liebenden, die sich in der Ewigkeit treffen würden. Leider gehörten Christina alias Tatjana und ich, nicht zu denen, die ihre Geliebten bis in die Endlosigkeit lieben würden. Dazu trank ich zu gerne meinen Kaffee allein und Christina alias Tatjana trug zu gerne eine dunkle große Sonnenbrille, um ihre Blicke dahinter zu verstecken. Ich besorgte Christina alias Tatjana eine große schwarze Sonnenbrille. Eine große Sonnenbrille, genau dieselbe wie die, die Maria Callas trug, als sie erfuhr, dass Onassis eine andere Frau heiraten würde. Genauso eine, die ihren Schmerz vor den anderen verstecken sollte. Christina alias Tatjana heiratete am nächsten Montag. Sie trug ein langes weißes Kleid und eine große Sonnenbrille, die sie während der ganzen Feier nicht abnahm. Sie sah aus wie ein Hollywoodstar, der seinen kleinen hässlichen Produzenten heiratet. Hinter der Maria- Callas- Sonnenbrille ließen sich ihre Tränen nicht verstecken. Und doch bemerkte sie keiner.

Das Prasoselino

Als Ella sieben war, fragte sie sich oft, warum ihr schon der bloße Anblick von Brennnesseln genügte, um diesen bitter-grünen Geschmack auf der Zunge zu haben. Sobald sie nur eine dieser merkwürdigen Pflanzen sah, war ihr danach sie zu zertreten. Trampelnd warf sie sich diesem Feind entgegen, als müsste sie sich rächen. Es schien ihr rätselhaft, wie eben dieser Geschmack, nicht nur Hautrötungen und Juckreiz, sondern gleichzeitig die Sehnsucht nach einem Gericht mit dem Namen „Prasoselino" hervorrufen konnte – vielmehr nach dem Eintauchen eines Bruststücks in seinen tomatigen fleischigen Saft. Fast siebenundzwanzig Jahre musste es her sein, dass sie zum letzten Mal eine verwüstete Landschaft von toten Brennnesseln zurückließ. Damals schien es ihr, als wucherten Brennnesseln auf jedem nicht zubetonierten Fleck Griechenlands.

Keiner machte sich die Mühe, sie zu sammeln, aber Ellas Mutter, die den kostbaren Wert dieses Unkrauts aus ihrer eigenen Kindheit kannte, sammelte sie in jeder freien Minute. Ihr Blick war ständig zur Erde gerichtet, wie früher, als sie, um ihre Schulbücher zu bezahlen, Brennnesseln pflückte und sie an reiche Frauen verkaufte, die damit ihre Warzen und ihren Haarausfall behandeln ließen. Ella dagegen trampelte dieses Unkraut nieder in der Hoffnung, es aus dem Viertel zu verbannen, damit ihre Mutter es nicht mehr sammelte und vor allem nicht mehr zum Mittagessen verarbeitete. Doch die Brennnesseln schienen sich nicht unterkriegen zu lassen. Ella sah sich gezwungen, zu härteren Waffen zu greifen. So erzählte sie ihrer Mutter, dass sie in der Schule von ihrer Lehrerin gewarnt worden, dass Brennnesseln für den menschlichen Körper verdammt gefährlich wären. Sie erfand sogar Könige, die mit dieser Pflanze auf qualvolle Weise vergiftet wurden. Weil Ellas Geschichten immer verrückter wurden und sich mit der Zeit wiederholten, brachte die Mutter sie zu einem

Naturheiler, der das Kind endlich aufklären sollte. Die Mutter hielt vom griechischen Schulsystem überhaupt nichts und es war ihr wichtig, dass ihre Tochter ihre Ängste vor dieser unheimlichen Pflanze überwindet. So musste Ella lernen, den grünen Geschmack herauszuschmecken und die Hautrötungen und den Juckreiz am eigenen Leib auszuhalten. Diese spartanische Pädagogik fand die Mutter viel wirksamer als alle morgendlichen Schulgebete. An ihrem ersten griechischen Schultag trug Ella auf ausdrücklichen Wunsch ihrer Mutter eine bayerische Tracht in Rot. Am zweiten Tag trug Ella ein bayerisches Dirndl in Blau, und am dritten bekamen alle Schulkinder zu Ellas Glück blaue Schuluniformen. Das rettete sie vor jeder weiteren Peinlichkeit. Die Mutter fühlte sich von ihrer griechischen Heimat verraten und dementsprechend verabscheute sie alles Griechische. Sie war siebzehn, als sie mit gefälschtem Geburtsdatum und einem Koffer nach Deutschland aufbrach, um dort in eine Fabrik zu gehen. 1963 galt sie als Verräterin, weil sie ihr Land verließ. 1976, als sie wieder in ihre Heimat zurückkehrte, galt sie als Aufsässige, weil sie sich der Tradition widersetzte. Sie hasste sich selbst dafür, dass sie es hinnahm, dass ihr Mann allein in Deutschland blieb, um zu arbeiten. Sie hasste sich dafür, dass sie im Haus seiner Familie leben musste, in dem niemand ihre Einsamkeit wahrnahm. Sie hasste ihre Schwiegereltern, die im Erdgeschoss dieses Hauses wohnten, denen sie ihren Sohn Mario, nur vierzig Tage nach seiner Geburt in Deutschland überlassen hatte und die ihn immer noch, trotz ihrer Rückkehr, wie eine Geisel beanspruchten. Ella und ihr jüngerer dicker Bruder Mario wohnten mit ihrer Mutter im ersten Stock dieses Hauses. „Das griechische Essen verwandelt Menschen in dicke Tiere, die Griechen wissen gar nicht, was für ein Reichtum sich in Gemüse und Grünzeug verbirgt", sagte die spartanische Mutter zu oft. Damit versuchte die Mutter nicht etwa ihre Kinder zu Vegetariern zu machen, sondern vielmehr ihre eigenen Kochkünste zu vertuschen. Sie kochte nie griechisch, also nie, wie die Etage unter ihr, sie kochte nie ölig, sie benutzte kaum Salz und es war immer geschmacksneutral. „Ein Kind braucht kein Fleisch, um ein Mensch zu werden, es muss sich im Klaren sein, dass anderswo Kinder verhungern. Ein Kind muss die Kraft der Natur schätzen lernen, nur wer sich mit der Natur auskennt, wird überleben, wenn es mal Krieg gibt." Mit diesen Sätzen beendete sie ihren Monolog und wartete darauf, dass der Teller Brennnesseln, in wenig Öl und Zitrone, geleert wurde. Ella und der dicke Mario mussten täglich Gemüse, selbst gesammelte Brennnesseln, Löwenzahn, Linsen und Bohnen essen, während unten der Topf ihrer Großmutter Farben und Wunder zubereitete. Aber was hatte das alles mit dem Eintauchen eines Brotstückes in den tomatigen fleischigen Saft des Prasoselinos zu tun? Wie jeden Tag kam Ella um Punkt eins aus der Schule zurück. Im Hauseingang duftete es wie immer aus der Wohnung im Erdgeschoss nach frisch gekochtem Essen. Sie beeilte sich nicht, nach oben, in den ersten Stock zu kommen, denn je höher sie die Stufen hinaufstieg, umso mehr musste sie den wunderbaren Geruch hinter sich lassen. So verharrte sie eine Weile vor der geschlossenen Wohnungstür im Erdgeschoss und atmete den Duft fünfzig Mal ein. Bis fünfzig konnte sie gerade mal auf Griechisch zählen. Zuvor lebte Ella in Hamburg und liebte Lakritz, was ihr in Griechenland so sehr fehlte. Als das „deutsche Mädchen" wurde sie oft von den einheimischen Kindern ausgelacht und von der Lehrerin schikaniert. Ihre Mutter schenkte der Lehrerin keine Schokopralinen, wie es dort üblich war. Sie schleimte sich nicht mit falschen Komplimenten ein, weil sie keinen Grund sah, der Lehrerin mit den Segelohren zu gefallen. Im Gegenteil, ihre Mutter drückte sogar offen ihre Ablehnung gegenüber den Schuluniformen und dem Morgengebet aus, was zu einer gegenseitigen Abneigung führte. All das machte sich bemerkbar, sowohl bei den schulischen Leistungen ihrer Tochter als auch auf das Verhalten der Lehrerin gegenüber Ella. Verzweifelt, musste Ella bei jedem falsch ausgesprochenen Wort zur Strafe, so lange auf einem Bein stehen, bis sie es richtig aussprechen konnte.

Über diese lehrreichen Methoden sprach Ella nic zuhause. Sie behandelte das Thema diskret. Diskret zerkratzte sie den Lack des alten Fords, genauso diskret zerstach sie die Autoreifen und diskret ließ sie die Kugelschreiber der Lehrerin verschwinden. Ellas Straftaten fingen als harmlose Streiche an und endeten als kleine Delikte, denen keiner nachging. Es entwickelte sich zwischen der Umgebung und Ella ein Kodex, der nur auf Wechselseitigkeit beruhte. Sie gab ihrer Umwelt das zurück, was ihr gefehlt hatte. Ellas Angriffe hörten nach einem Jahr auf, als die Lehrerin es endlich geschafft hatte, nach Athen versetzt zu werden und das nicht wegen ihrer Kompetenz, sondern wegen des Regierungswechsels. Denn bei jedem Regierungswechsel, es ist heute noch so in Griechenland, regieren nicht nur Politiker, sondern auch ihre Wähler. Das heißt, sie besetzten die tollsten Positionen. Die Ex Regierenden plus ihre Wähler verlassen die tollen Positionen und geben sich mit etwas Kleinerem zufrieden in der Hoffnung, bei Regierungswechsel ihren Rangplatz wieder zu bekommen. Aus diesem Grund ändert sich alle vier Jahre die pädagogische Lehrweise. Ella atmete jeden Mittag den Duft der unteren Etage ein, so als würde sie ihn auf ihr bevorstehendes asketisches Mittagessen, das im ersten Stock auf sie wartete, streichen wollen. Langsam trottete sie mit hängenden Schultern nach oben. Bevor sie aber oben ankam, pfiff sie so laut sie konnte, auf der Treppe, damit es alle mitbekamen, dass sie aus der Schule zurück ist. In der Erwartung, dass sich die Tür im Erdgeschoss doch noch öffnen würde und ihre Großmutter, sie mit einem Stück eingetauchten Brotes zwischen Zeigefinger und Daumen aufhalten würde, verharrte sie noch eine letzte Ewigkeit auf der obersten Stufe. So gerne würde sie hüpfend die Richtung wechseln mit dem Ziel den kochenden Eintopf der Farben und Wunder. An manchen Tagen fand sie die Tür im Erdgeschoss sogar offen vor und ihr Pfeifen wurde mit einem Echo erwidert. Die Großmutter hörte sie und sang leise ihr Gepfeife mit. Sie kam aus ihrem Reich der Farben und Gerüche, mit einer Schürze um ihre runde Taille. Sie trug ihr hochgestecktes Haar immer streng nach hinten, damit sich bloß kein Haar in den Topf verirrte. Großvater würde sie dafür mit seinem ganzen Zorn bestrafen. Er würde den Teller auf den Boden werfen oder sogar den ganzen Topf. Großmutter lebte mit ihrem grimmigen Mann seit mehr als fünfzig Jahren zusammen. Sie wehrte sich nie gegen die Taten ihres Mannes. Ella hasste diesen hochgesteckten Zopf genauso wie ihren Großvater, der Ellas Mutter nach zehn Jahren immer noch mit dem Vornamen ansprach. Er hatte ihr sogar verboten, Hosen zu tragen. Aber die Mutter tat es trotzdem und so warf er sie eines Tages aus seiner Wohnung. Seitdem betrat Ellas Mutter nie wieder freiwillig die untere Etage und sie erlaubte es Ella und ihrem Bruder Mario auch nur bei besonderen Anlässen. Nachdem ihre Großmutter das eingetauchte Brotstück in Ellas Mund steckte, küsste sie Ellas Wangen. Die Küsse hatten einen eigenartigen Trompetenklang. Mit ihren schmalen Lippen presste die Großmutter die Luft nach innen, dass der Trompetenklang auf der Wange vibrierte. Ella liebte es, so geküsst zu werden. Sie wünschte sich, legal aus dem Topf der Wunder und Farben essen zu dürfen, wie die anderen Enkelkinder, die bei der Großmutter lebten. Doch Ella hatte sich mit einem Trompetenkuss und mit einem tomatigen Prasoselino Brotstückchen, zu begnügen. Prasoselino duftete nach Weihnachten, so wie Rotkohl mit Salzkartoffeln für Ella nach Deutschland roch. Obwohl die beiden Düfte miteinander nicht zu vergleichen waren, hatten sie eine ähnliche Wirkung. Sie weckten in ihr die gleiche Sehnsucht nach einer Art Zugehörigkeit. Im ersten Stock roch es nie nach Prasoselino, auch nicht zu Weihnachten. Ella versuchte oft zu verstehen, warum ihre Großmutter nicht für Frieden sorgen konnte, damit alle an einem Tisch gemeinsam das Prasoselino genießen konnten. Warum ließ sie Ellas Mutter oben, gegen alle kämpfen? Gegen die Kirche, die ihr Kind nicht Ella taufen wollte, weil das kein orthodoxer Name sei, gegen das Schulsystem, weil sie Gebete als Zeitverschwendung ansah, gegen den Großvater, weil er Hosen und kurze Haare an Frauen hasste, gegen ihre Kinder, weil sie sich wehrte, ein Inventar dieses Hauses zu werden, sich wehrte, Prasoselino kochen zu können, nur um ihrer Tochter zu imponieren. Dort aber, wo der kochende Topf unter leiser Flamme den Sellerie, die Tomaten und das Fleisch aufwärmte, verdrängte der Duft für Ella den Kampfgeist ihrer Mutter. Dort wohnten ihre Großmutter und ihr grausamer Großvater, deren siebenunddreißigjährige Tochter Efi, also Ellas Tante, und die anderen Enkelkinder Vasilaki und die kleine Aliki, deren Eltern in Deutschland lebten. Efi konnte nicht kochen. Sie war die einzige unverheiratete Frau in der Nachbarschaft. Sie trug eine dicke Brille und lief ständig, ob im Winter oder Sommer, in Hausschuhen herum. Wenn Großvater schlief, zog sich Efi das Hochzeitskleid von Großmutter an und spielte Hochzeit. Die Trauung sollte von den Kindern gespielt werden, aber erstaunlicherweise übernahm sie selbst immer alle Rollen. Ella dachte damals, dass Efi bewusst nicht heiraten wollte, weil sie dann nicht mehr tanzen, singen und Geschichten von fliegenden Aschenputteln erzählen könnte, sondern sich um einen fremden Mann kümmern und ihn bekochen müsste. Aber der wahre Grund war, dass sie einen unausgesprochenen Auftrag der Familie erledigen musste, nämlich auf die Kinder der nach Deutschland ausgewanderten Söhne zu achten. So hatte Großmutter die Reinkarnation ihrer eigenen Söhne wieder und Efi, die auffällig unattraktiv war, einen Grund, sich nicht mit ihrer Einsamkeit zu befassen. Als Ella mit ihren Eltern in Deutschland lebte, wurde Ellas dicker Bruder Mario, von seinen vierzig Lebenstagen an, von Efi gehütet. Er war Efis Liebling. Er sprach wie sie, konnte mit der Augenbraue böse Blicke werfen und aß wie sie. Seitdem Ella und ihre Mutter aus Deutschland zurückgekehrt waren und im ersten Stock lebten, musste dieser merkwürdige Junge mit seiner fremden Mutter und seiner noch fremderen

Schwester zusammenleben. Efi hasste Veränderungen und sie hasste alles, was ihren Alltag durcheinanderbrachte. Vasilaki, der aussah wie ein kleiner Engel, der alles andere war als ein Engel, war zuständig für die Außenpolitik des Hauses. Vasilakis waghalsiges Gerüstklettern wurde sogar als Selbstmordversuch interpretiert, dabei wollte der Junge nur stark erscheinen. Er ging für die ganze Nachbarschaft einkaufen, trug die schweren Tüten älterer Menschen, die ihn großzügig mit einer Tafel Schokolade belohnten, pinkelte jede Blume und jeden zukünftigen Bräutigam an, der sich der Familie vorzustellen wagte. Bei solchen Anlässen wurde Vasilaki vom Großvater persönlich gekämmt. Efi zog ihn persönlich an, als müsste er zur Kirche gehen und Großmutter küsste ihn nach ihrer eigenen Trompetenart auf die Stirn, die immer mit einem Kratzer vom gestrigen Kampf verziert war. Bei diesen Anlässen trug Efi Lackschuhe und machte sich ihre Haare zurecht. Sie zog immer ein hellgrünes Kleid an und versteckte ihre dicke Brille. Obwohl sie sich viel

Zeit nahm, um sich hübsch zu machen, sah sie immer gleich aus. Bei dieser Art von Besuchen, wo es darauf ankam, dem Bräutigam als Familie zu imponieren, tat Vasilaki all das, was er tun konnte, um den zukünftigen Bräutigam zu vertreiben. Er zog sich nackt aus, spuckte ins Essen, bewarf den Bräutigam mit Brot und da er ja nackt war, pinkelte er den Bräutigam noch an und überreichte Efi ihre dicke Brille, die immer an derselben Stelle versteckt war. Großmutter lächelte bei solchen Anlässen, wenn sie bemerkte, dass sich der Bräutigam als spießig erwies. Natürlich vorsichtig, unter ihrer Serviette, damit Großvaters Blicke sie nicht erstechen. Großvater schaute wie immer grimmig, sagte kein Ton und war über seine Familie beschämt. Aliki dagegen, war wie jeden Tag mit ihrer eigenen gebärfreudigen Welt beschäftigt. Sie brachte Efis ungeborene Kinder zur Welt. Die fünfjährige Aliki, die oft übersehen wurde, weil sie mit niemandem redete und weil sie breitbeinig auf ihrem Bett lag und so tat, als würde sie ihr hundertstes Puppenkind zur Welt bringen, war den ganzen Tag unter ihrer Bettdecke beschäftigt. Ella beneidete ihre Cousine Aliki, aber nur dafür, dass sie nicht zur Schule gehen musste, und Vasilaki auch nur dafür, dass er keine gekochten Brennnesseln zu mittagessen musste. Die Großmutter war der Meinung, dass ihre Enkelkinder oben im ersten Stock verhungern. Sie beauftragte Vasilaki, etwas Fleisch nach oben zu schmuggeln. Vasilaki überbrachte in der einen Hand, zwei in den tomatigen Saft eingetauchte Brotstücke und in der anderen Hand zwei ganze Fleischstücke. Aus seinem Mund hing eine Playmobil- Figur heraus, um als Ablenkung zu wirken. Die Mutter kam schnell dahinter und fasste dieses Spiel als antipädagogisch und als organisierten Kampf gegen ihre Prinzipien auf. Die nachmittäglichen Besuche von Vasilaki waren damit gestrichen. Mario und Ella dagegen erfanden ein starrsinnigeres Spiel. Bei jedem Mittagessen siegte derjenige, der es schaffen würde, das Essen im Klo runterzuspülen, ohne dass die Drachenmutter es mitkriegt. Die Siegerin war immer die Drachenmutter.

Die Debatte endete mit einem fliegenden Birkenstock-Holzschuh, der quer über die Hintern flog. Das gehörte zum Ritual des Mittagessens und galt als Nachspeise. Umso mehr stieg der Preis des Prasoselinos.

Von unten kam der Duft des Prasoselinos und oben siegte der hölzerne Birkenstock-Schuh, den sich die Drachenmutter aus Deutschland mitgebracht hatte. Die ungleiche Welteinteilung machte sich sehr deutlich bemerkbar. Oben herrschte ein Sowjet-Klima und unten triumphierte die farbenfrohe Welt Amerikas. Großmutter kochte zu jedem Geburtstag ihrer Enkelkinder, das jeweilige Wunschgericht. Sie wusste, dass Ella sich zu ihrem zehnten Geburtstag ein Prasoselino von ihr wünschen würde. Die Drachenmutter wollte den Amis keine Chance geben. Als Beweis ihrer Toleranz und ihrer Liebe bereitete sie das Prasoselino zum zehnjährigen Geburtstag ihrer Tochter selbst. Sie kochte das Prasoselino genau wie die Brennnesseln und alles andere, was grün war. Und so schmeckte alles gleich, nach wenig Öl und viel

Zitrone, nur der Tag und das Essen besaßen einen anderen Namen, auch wenn das Letztere ihn nicht verdiente.

Vasilakis, der Geburtstage hasste, weil seine Eltern ihm an diesem Tag telefonisch aus Deutschland zu gratulieren pflegten, brachte seiner Cousine zum Geburtstag ein richtiges Prasoselino, welches Oma ganz allein für Ella gekocht hatte. Es war aus dem Topf der Farben und Wunder, es roch wie immer und es schmeckte wie immer, wie ein Märchen. Ella versteckte sich im Klo, wo sie sonst versucht hatte, die Speisen runterzuspülen. Sie tauchte das Brotstück in den Tomatensaft des Fleisches ein. Ihr Bruder Mario, der zur pseudo- russischen Geheimarmee gehörte, lieferte seine Schwester aus. Schon beim ersten Mal, als man ihm eröffnete, dass Ella seine Schwester war, wollte er sie ermorden. Angeblich wollte er ihr, flüssigen Zement zeigen. Stattdessen nahm er sie auf seinen Schoß, um sie da einzutauchen, das war seine erste Umarmung mit seiner Schwester.

Das Prasoselino wurde zu einer teuren Ware, es verkörperte für einige den Sieg, für die anderen die Kapitulation und den Verrat. Mario, der Verräter, belohnte sich selbst mit der verbotenen Speise, die er genussvoll runterschluckte, ohne jegliche Gewissensbisse.

Der Birkenstock-Holzschuh versohlte Ellas Hintern und Mario feierte weiter seine siegreiche Aktion im Klo mit einem vollen Teller Prasoselino. Seitdem schwärmt Ella von Prasoselino, sie bereitet es aber nie zu. Sie weigert sich, dieses Gericht zu kochen. Aliki ist die Einzige, die jeden Sommer, Winter oder Herbst, ob Geburtstag oder nicht, Ella diesen Geruch schenken kann, aus dem gleichen alten Topf der Farben und Wunder, in dem das Fleisch im tomatigen öligen Saft großzügig herumschwimmen durfte.

Der Tod am Fluss

Den Toten am Fluss kannte ich gut. Er war mein Onkel. Er versteckte sich bis zum späten Nachmittag hinter seiner Zeitung. Der Tote am Fluss konnte nie gut schwimmen. Was suchte er nachts um halb vier am Ufer eines Ortes, an dem er nie schwimmen lernte? Das Wasser war viel zu tief und seine Gedanken schwammen ihm fort. Er versteckte sich bis spät in die Nacht hinter seinem Glas Wein. Der Tote am Fluss schien glücklich eingeschlafen zu sein. Sein nasses Gesicht sah aus, als hätte er davor einen schönen Satz gelesen. Er sprach gerne mit Menschen, aber nie hörte ihm einer richtig zu. Je mehr er sprach, desto eiliger verabschiedeten sich die Menschen von ihm. Sein einziger Freund war sein Hund Lui. Lui war seine kleine Welt. Lui und er guckten sich gemeinsam Nachrichten an, sie erlebten gemeinsam den Sonnenuntergang, den Sommeranfang sowie die letzten Wintertage. Wenn er mit Lui sprach, trank er weniger. Lui gab ihm auf seine Fragen nie Antworten. Abends gingen beide den Fluss entlang. Er urinierte entlang der Wasserstraße und Lui in die Pflanzen. Beide schauten sich die Sterne an, die sich im Wasser spiegelten. Er fragte sich, ob das Wasser tief sei. Er fragte sich, ob er die richtige Frau an seiner Seite hat, ob er letztes Jahr die richtige Partei gewählt hat und warum Lui sein einziger Freund war. Sein Leben versank in tiefen Gewässern und er stand darüber, am Rande des Ufers und pinkelte es an. Die Gewässer können im Dezember eisig sein. Im Dezember kann das Herz zu Stein werden. Der Tote, der am Fluss ertrank, war mein Onkel. Er ist mittlerweile der „ertrunkene" Onkel. Die Gewässer werden niemals sprechen, wie er davonschwamm. Ob er siebzig werden wollte oder achtzig. Ob er durch das Wasser gehen wollte oder nur schwimmen lernen wollte. Am dreiundzwanzigsten Dezember wollte er allein sein. Er hasste den kommenden Tag. Er hasste die Socken, die er wie jedes Jahr geschenkt bekommen würde. Er hasste die Gänseverwandtschaft, die um ihn herumsitzen würde. Er hasste die lieblos zubereitete Gans, die auf dem Tisch posieren würde, als wäre sie ein Weihnachtsstar. Er war mit Abstand der allerbeste Gänse-Koch. Er füllte sie immer mit Maronen und Reis. Dieses Jahr bekochte er jedoch niemanden mehr. Er verabschiedete sich nicht mal. Das tat er aber immer. Zu Lebzeiten verschwand er, ohne sich zu verabschieden, er mochte sich gerne vorstellen, aber nie verabschieden. Am Vierundzwanzigsten lag er schon in einem Sarg, ungewollt fein eingekleidet, wie er es schon immer hasste. Am Vierundzwanzigsten rechnete keiner damit, dass er noch in seinen schwarzen Anzug passen würde. Er trug ihn das letzte Mal bei der Beerdigung seiner Mutter vor zwanzig Jahren. Er hätte niemals damit gerechnet, dass dieser Anzug den Anblick seines eigenen Sarges verschönern würde. Niemals hätte er gedacht, dass dies sein letztes Kleidungsstück sein würde, was er willenlos angezogen bekommen würde.

Am Vierundzwanzigsten kämmte seine Frau ihm zum letzten Mal die Haare. Sie presste ihre Lippen gegen seine, küsste seine Wangen und flüsterte ihm leise etwas zu, was sie ihm all die Jahre nie zu sagen traute: „Ich weiß, dass ich ohne dich leben kann, ich weiß aber auch, dass ich nur mit dir leben wollte." Am Vierundzwanzigsten bekam sie keine Antwort, nur Lui leckte ihr die Fersen, während sie seine Hände mit Rosenöl einbalsamierte. Am Fünfundzwanzigsten fand Lui seinen Schuh am Ufer des Flusses. Das war der linke Schuh meines ertrunkenen Onkels. Die Gewässer frieren im Dezember ein. Der Schnee bedeckt den Fluss und derselbe Schnee bedeckt nun seinen Körper. Tief darunter liegt er. Mein Onkel, der sich sonst ungern verabschiedete, der einfach verschwand. Am Dreiundzwanzigsten ging er für immer. Er verschwand, er ertrank einfach. Seitdem geht Lui abends immer den Fluss entlang, um ihn zu suchen. Lui wartet Abend für Abend am Ufer, obwohl sie weiß, dass er nie wieder zurückkommen wird, um sich mit ihm die Sterne anzuschauen.

Cola- Stimme

„Ja, ich finde du hast eine Cola- Stimme. Du hast eine Coca- Cola- Stimme, prickelnd und braun. Früher durfte ich keine Cola trinken. Jetzt trinke ich sie gern. Am liebsten mag ich Cola aus kleinen gläsernen Flaschen. Ich mag ihr rot- weißes Etikett auf der Flasche. Ein Etikett für Jugend und Rülpserei. Ich mag es, wenn dein R im Kehlkopf rollt, wenn es kurz vor einem aufbrausenden Rülpser steht. Wenn du meine Cola wärst, würde ich dich als Longdrink auf Eis trinken." Er aber sieht keinen Sinn darin. Würde er sich seine Stimme aussuchen, würde er eher Fanta nehmen. „Aber nein, Fanta ist süß und schmeckt nach Pseudo Orange", sagt sie. „Aber, wie kann eine Stimme sich nach Cola anhören, wie können Stimmen an Geschmack erinnern?", fragt er. „Ja klar, mein Parfüm erinnert mich an den Vers eines Psalms, den ich leider vergessen habe", sagt sie. Er aber sieht keinen Sinn darin. Er überlegt sich, wie er sie austrinken kann, ohne sich an diesem Cola Mist zu beteiligen. Sie ist sich aber sicher, dass seine Stimme sie an Cola erinnert. Sie kann sich genau an eine Cola-Werbung erinnern. Sogar an den Klang der Gläser. An die Zahl der Eiswürfel, die im Cola- Glas rumschwammen. Sie kann sich an die Szene genau erinnern. „Es ist Sommer", sagt sie und zündet sich eine Zigarette an. „Kurze Röcke, und so weiter. Irgendwo in Italien. Ein Paar sitzt im Café. Beide trinken aus einem Cola Glas. Der Mann dreht sich um und bewundert, eine halbe Minute eine andere. Die Andere ist lange nicht so schön wie die Frau, die aus seinem Cola Glas trinkt. Lange wellige schwarze Haare und so weiter. Die Frau streckt blitzartig ihren Arm aus und erteilt ihm eine kraftvolle Ohrfeige. Am Anfang glaubt der Zuschauer, er hätte die Ohrfeige für das Fremdgucken gekriegt, aber nein" sagt sie aufbrausend. „Er hat die Ohrfeige für das leere Glas gekriegt. Er hat ihr den letzten Schluck Cola geraubt. Wenn Männer den letzten Schluck austrinken, sind sie in der Lage …"

„Was tun Männer, wenn …?", fragt er verärgert. Sie schweigt, sie hat verstanden, dass er lieber Fanta mag. Sie erinnert sich an die blöden Fanta- Werbungen, die cholerisch für die Kraft der Pseudo- Orange, - Mango, -Limone werben. Aber sie hört doch, wie sich seine Stimme nach Cola anhört. Aber sie mag es doch, wenn er sein kindliches Rülpsen in gut geformten Sätzen versteckt. Aber sie liebt es doch, wenn prickelnderweise seine Konsonanten auf die Vokale ejakulieren. Nein, er merkt nichts von all dem. Nein, er will sie doch nur austrinken. „Gib, dich mir hin, wenn ich deine Cola bin …", flüstert er ihr ins Ohr. „Es kitzelt, hör auf …", erwidert sie leise. „Gib dich mir hin, wenn ich deine Cola bin …", flüstert er ihr ins Ohr. Sie antwortet nicht, sie zuckt mit den Schultern. „Ist es ein Ja, oder ein Nein?", fragt er genervt. Sie antwortet nicht darauf. „Wenn du ein Haribo- Gummibärchen wärst, würdest du rot oder weiß sein?" Er guckt sie selbstsüchtig an und hofft, dass sie es nicht merkt, er hofft, das Richtige zu sagen, um sie endlich zu kriegen.

Der ganze Cola-Haribo- Mist wird ihm langsam zu viel. Doch er will sie kriegen. Er hatte sie noch nicht, er will wissen, wie sie stöhnt, wenn sie ihren Cola-Haribo- Mist vergisst. Er verzeiht ihr den Blödsinn, weil er sie haben will. Sie verzeiht es sich nicht, dass sie nur durch Geschmack, Geruch und Klang zu ihrem Liebesgenuss kommen kann. „R…, nein weiß", antwortet er schnell. Sie lächelt. Er hat das Richtige gewählt. Sie lächelt ihn sinnlich an. Er hat weiß genommen, weil er farbneutral bleiben wollte, weil er sich für einen Moment als Haribo- Friedensmissionar sah. Er geht auf ihr Spiel ein, es macht ihm sogar Angst, dass er Lust empfindet. Es macht ihm Spaß, weil er sie besiegt hat. Er hat sie bald. Er spürt es, er ist aufgeregt, neugierig darauf wie sie ohne Kleider aussieht, was sie drunter trägt, ob sie OP-Narben hat, wie sie riecht, wenn sie schwitzt, wie sie atmet, wenn sie einen Orgasmus vortäuscht. Er hat sie gleich, er kriegt sie gleich. Und dann? Wie kriegt er sie aus dem Café, ins Bett? Für einen Moment will er fliehen, sie mitnehmen.

Er wird sie gleich fragen, ob sie mit ihm ...
Nein, das wird er noch nicht tun. Er flüstert ihr wieder
ins Ohr. Sie zündet sich hektisch eine Zigarette an. Er
will ihr sagen, dass sie lieber ihn rauchen soll, statt die
Nikotin- Kohlenmonoxid- krebserzeugende Zigarette.
Aber er traut sich nicht. Doch, er traut sich. „Rauch
mich, " sagt er schmunzelnd. „Ich habe leider wieder
angefangen zu rauchen, ich hatte für fünf Jahre
aufgehört" erwidert sie blockiert. „Rauch mich",
flüstert er ihr ins Ohr. „Deine Stimme hört sich wie
Cola an", flüstert sie ihm erregt ins Ohr. Er hat sie
gleich- wie wird er diesen Moment bis zu seinem Bett
bewahren? Er weiß, dass sie bei jeder falschen
Bewegung, bei jedem falschen Ton, bei jedem
störenden Geruch, egal ob Abgase oder Rotbarsch-
Geruch aus einem offenen Küchenfenster, fliehen
wird. Er will sie kriegen, er hatte sie noch nicht. Er
hatte viele Frauen, aber diese Frau hatte er noch nicht.
Sie weiß nicht so genau, was sie will. Ob sie Cola und
Haribo-Talk für ihre Sinnlichkeit instrumentalisiert,
ob Haribo und Cola ein Synonym für Kinderverbote

sind, für Bauchschmerzen, für …, sie weiß es nicht. Sie liebt es, wenn er sein R, so rollend vor ihr darbietet, sie liebt es, wenn es kurz vor einem verbotenen Rülpser steht. Rülpsen auf Befehl, nein das konnte sie nie. Ihre Stimme, ein weicher Stoff aus altrosa Samt, der Minze umhüllt. Stille. Ein Mann kommt rein, er setzt sich an den Nebentisch. Ein Mann von etwa vierzig Jahren. Er beobachtet, was sich alles im Raum bewegt und was sich nicht bewegt. Er beobachtet, wie an seinem Nachbartisch Mann und Frau gespielt wird. „Wenn ich Sie zum Schweigen gebracht habe, setzte ich mich gerne woanders hin", sagt er leise. „Nein, nein, wir wollten sowieso gerade gehen", sagt sie, beschämt dafür, dass ihr – Mann-Frau- Spiel durchschaut wurde. „Sie brauchen nicht zu gehen, ich werde mich umsetzen", erwidert er etwas gekränkt. „Nein, wie gesagt, wir wollten sowieso schon gehen", wiederholt sie genervt. „Sie würden bestimmt nicht gehen, wenn ich nicht gekommen wäre", entgegnet er eher lauter als leise.

„Sie widern mich an, mit ihren Aussagen, bleiben Sie einfach sitzen. Bleiben Sie einfach alleine sitzen und nerven Sie mich nicht mit Ihrer neugierigen, ach. doch so sensiblen Haltung.", sagt sie, eher lauter als laut. Sie steht auf, greift nach ihrer Zigarettenschachtel, greift daneben und das Cola- Glas zerbricht. „Natürlich werde ich für den Schaden aufkommen", entschuldigt sie sich bei der Kellnerin. Sie bezahlt hastig und verlässt den Laden alleine, ohne hinter sich einen Blick und Trinkgeld verschenken zu wollen. Beide Männer sitzen nebeneinander und fragen sich, was beide wohl falsch gemacht haben. Beide Männer sitzen nebeneinander, ohne sich zu kennen. Die Kellnerin wischt den Boden und die sprudelnde Flüssigkeit auf, die sich Cola nennt. „Nein, ich finde gar nicht, dass Sie eine Cola Stimme haben", sagt die Kellnerin und zwinkert ihm zu. „Meinen Sie?" „Es gibt keine Cola- Stimme, das ist doch Blabla, um sich wichtig zu machen. Cola ist zum Trinken da. Sie beinhaltet Koffein und den Farbstoff E 150, der sehr gefährlich sein kann. Und außerdem finde ich Ihre

Stimme richtig sexy, wahrscheinlich wollte Ihre Freundin es nur nicht aussprechen. Schade, dass sie weg ist, sie sah nett aus, aber es gibt zum Glück Frauen, die es aussprechen können. Ja, ich finde Ihre Stimme total sexy." Während die dreißigjährige Kellnerin ihren Monolog runterrattert, wischt sie den Tisch. Ihr tiefer Ausschnitt verhindert jegliches Bemühen des Zuhörens, verhindert jegliche Auseinandersetzung mit ihr. Der tiefe Ausschnitt wischt jeden zurückgebliebenen Tropfen Cola weg. „Kein einziger Tropfen Cola mehr, alles ist wieder völlig sauber." Sie lächelt gleich beide Männer erotisierend an und gibt ihnen ein Rätsel zu lösen. „Wer das Rätsel löst, kommt heute nach meiner Schicht mit mir mit. Das ist doch viel cooler als der endlose Haribo-Cola- Mist, stimmt´s? Also, wie heißt das Tier, das morgens auf vier Beinen geht, mittags auf zweien und abends auf dreien? Die Zeit läuft, ab jetzt." Sie lacht wie eine Chipslette, knackig und laut während sie beide Tische noch mal nachwischt, obwohl schon alle Cola-Flecken beseitigt waren.

Beide Männer hatten die Lösung in weniger als zehn Sekunden, doch sie taten so, als würden sie es nicht wissen. Das Spiel kam ihnen einfach einfallslos vor. Sie wussten, dass dieses Rätsel der Sphinx Ödipus Leben rettete. So zu tun, als könnte man Rätsel nicht lösen, würde ihr Leben nicht großartig verändern, es würde es aber auch nicht retten. Sie überlegten lange, einen ganzen Nachmittag von drei Uhr bis sechs. Bis schließlich die Kellnerin kam und ihnen die Lösung gab. „Der Mensch ist es! So, kommt jetzt, lasst uns jetzt gemeinsam ausgehen." Weil beide Männer edle Ritter sind, gingen sie mit. Sie tranken Cola am späten Morgen zu zweit, sie tranken Kaffee am Mittag zu dritt und abends betranken sie sich auch zu dritt. „Es ist am Morgen vierfüßig, am Mittag zweifüßig, am Abend dreifüßig. Von allen Geschöpfen wechselt es allein die Zahl seiner Füße, aber eben, wenn es die meisten Füße bewegt, sind Kraft und Schnelligkeit bei ihm am geringsten". Sagt der eine.

„Ödipus konnte das Rätsel der Sphinx lösen, verborgen blieb ihm aber nur das eigentliche Rätsel seiner Zukunft:

Du schaust umher, siehst nicht,

wo du stehst im Üblen,

nicht, wo du wohnst, und nicht,

mit wem du lebst

weißt du, wohin du gehst?",

sagte der andere. Beide übernachteten bei ihr, sie machte ihnen Frühstück und stellte in eine volle kleine Cola- Flasche zwei Rosen. „Ihr glaubt doch nicht, dass ihr Cola- Stimmen habt? Früher durfte ich so viel Cola trinken, dass mir jetzt schlecht davon ist. Ich hasse Cola, und ihr könnt jetzt bitte gehen". Dann holte sie aus der Schublade eine Haribo-Tüte, und verschluckte alle weißen und roten Bärchen, bis ihr übel war. Sie nahm die Rosen aus der Flasche und trank die braune Flüssigkeit, die sie hasste, aus. Sie rülpste laut und schaute sich im Spiegel an.

Sie begriff, dass sie das Spiel ihrer Vorgängerin mitspielte, nur anders. Auf ihre Art.

Flug LX 3699 Hamburg Athen

„Was ist, was guckst du, mich so an?" „Ich gucke nicht so, ich rieche leider alles und ich glaube, Ihre Füße stinken." Genau das hätte ich sagen müssen, doch nein, ich schaute beschämt und verärgert aus dem Fenster. Ich drehte mich kein einziges Mal um. Ich saß in einem Flugzeug um drei Minuten nach acht und wünschte mir, jemand würde sie auf ihren Gestank aufmerksam machen. Aber nein. Keiner drehte sich um, keiner beschwerte sich und keiner hielt den Atem an. Alles, was flog, alles, was durch die Luft flog, flog direkt in meine Nase, in meine Lunge. Sie zog ihre Stiefel aus und sprach gebrochenes Deutsch. Ich schaute nur nach hinten links und da war wieder dieser Geruch, aus ihren Strümpfen, derselbe Geruch wie der im Sommer, wenn die Athener Müllabfuhr streikt. Sie lacht laut. Sie küsst laut und sie stinkt laut. Ich will aussteigen, aber im Flugzeug herrschen andere Regeln. Keiner verlässt die Maschine, weil alle dasselbe Ziel haben. Aber ich will nicht dasselbe Ziel wie diese Person haben. „Hoffentlich scheint die Sonne in Athen, sonst habe ich nichts zum Anziehen, Dimi." „Du brauchst nichts, außer deinen schönen Körper, Baby", sagte Dimi und ihr Lachen verwandelte sich zu einem jauchzenden Jodeln. Dimi ist bestimmt ein Restaurantbesitzer, der einen Mercedes Diesel fährt und nach Grillöl stinkt. Er heißt eigentlich Dimitrios und trägt bestimmt zwei tagelang dasselbe ergraute weiße Hemd, leicht neblig verfärbte Tennissocken, die sich in geschmacklosen schwarzen abgetretenen Schnürsenkel Schuhen ausruhen. Und tatsächlich, Dimi ist Restaurantbesitzer. „Dimi, in Athen, ich will die richtige Akropolis sehen. Ja?" „Wieso gefällt dir meine Akropolis in Hamburg nicht?" „Doch, aber ich will die richtige sehen, Dimi." „Hey, ich besitze seit den Sechzigern die erste Akropolis in Hamburg, Baby. Mein Vater ließ Gipssäulen aus Griechenland kommen. Sei jetzt ruhig, ich will schlafen." Ich wollte auch schlafen, aber ihr widerlicher Fußgeruch ließ jeglichen Schlafversuch scheitern. Würde ich ihr auf der Straße begegnen, oder in einem Café, würde ich nie glauben wollen, dass eine gut parfümierte Frau aus ihren Socken, so nach Athener Sommermüll stinken kann. Ihr Geruch war außerdem reichlich süß, ein Zeichen dafür, dass sie etwas verbirgt. Ist der süßliche Geruch einer Frau Synonym für etwas Bitteres oder Muffiges? Auf jeden Fall mag ich Frauen nicht, die nach süßem Duft riechen. „Dimi, lerne ich auch deine Mutter kennen?" Dimi, lacht laut und schaut seinen Freund spöttisch an, der genauso aussieht, wie er selbst. „Alexi, an tin di i mama, tha theli ethelondika na thafti!" Ich hatte alles verstanden, Alexis ist sein Bruder, der im selben Restaurant arbeitet, der genauso nach Grillöl stinkt, der diese Frau ignoriert, der ihren Fußgeruch erträgt, weil er da unten genauso stinkt. Aber ich habe auch verstanden, dass Dimi sich für diese Frau schämt und dass sich die Mutter der beiden Männer beim bloßen Anblick dieser Frau freiwillig begraben lassen würde. Alexis kaute laut und rhythmisch auf seinem Kaugummi, das sich anhört, als hätte es sich schon drei Stunden in seinem Mund quellen müssen. Doch ich durfte mich nicht umdrehen. Ich wollte mich nicht mehr beschweren, ich wollte mich nur darauf konzentrieren, dass ich nichts rieche, was mir Übel bereitet. Ich stellte mir den Geruch einer Schwimmhalle vor, das herrliche saubere Chlorwasser, nein, ich konnte mir nichts mehr vorstellen. Ich stellte mir die Frau nackt vor, nein ihn, mir wurde schlecht, ich roch, und ich wollte nicht mehr riechen, also hörte ich nur noch brav zu. „Zieh deine Schuhe an", befahl ihr Dimi despotisch, nach einer halben Stunde. Sie tat es, ohne nach dem Warum zu fragen, ohne eine Sekunde verweilen zu lassen, zog sie ihre Stiefel an. Mein Mikrokosmos war gerettet, aber was war aber mit ihrem? Ich hörte ihren gedemütigten Atem, aus dem Sitz 13A hinter mir. Ich hörte, wie schwer sie atmete, und ich hörte, wie sich die beiden auf Griechisch unterhielten. „Tilefonithika me ton Mano, tha tin perimeni ston Pirea, tha mas dosi ta lefta, ke tin kanume, o.k.?", flüsterte er seinem Bruder ins Ohr, und ich hatte

117

wieder alles verstanden. Sein Flüstern war auf Grund seiner rauchigen Stimme kaum zu überhören. Ich hörte, dass Manos in Piräus auf sie warten würde und dass die beiden sich nach der Auszahlung verabschieden würden. „Manos wartet im Hafen von Piräus auf uns, er wird uns auf seiner Yacht mitnehmen, schmink dich ein bisschen, kämm dich" sagte Dimi und sie tat es. „Wieso, gefall ich dir nicht so?", fragte sie. „Doch, aber Manos mag es, wenn Frauen roten Lippenstift tragen." Und sie tat es, sie holte aus ihrer Tasche einen kleinen Spiegel, einen Kamm und einen Lippenstift. Ich verfolgte jeden Klick und jeden gedemütigten Atem, der meinen Sitz 12A erreichte. Das war der Moment, wo ich mich umdrehte, ich wollte sie warnen, ihr sagen, dass ich ihren Geruch mag, dass sie im falschen Flieger sitzt, dass ich ihren schweren Dialekt mag, dass ich Griechisch spreche und alles verstanden habe, was sie nicht verstehen durfte. Ich drehte mich um, schaute drei Menschen an, schaute mir meinen Kurzfilm an, den ich nur im Dunkeln verfolgen durfte, und fragte feige nach der Uhrzeit. Alexis lächelte mich auf seinem Kaugummi kauend an, und sagte nur: „Ich trage keine Uhr, aber wir kommen gleich in Athen an." Ich lächelte ihn nicht an und sagte nur „danke". Dimi und die Frau lachten mich aus. Sie wiederholte laut mein „danke", um ihre Antipathie mir gegenüber zu betonen. Ich erfuhr nie ihren Namen, ich erfuhr nie, ob sie jemals die richtige Akropolis erblicken durfte. Ich erfuhr nur, dass sie ein süßliches Parfüm trug und dass ihre Füße nach den bestreikten Athener Sommertagen rochen. In Athen streikte die Müllabfuhr tatsächlich, und ich wurde den ganzen Sommer den Geruch meiner Feigheit nicht los.

Schattenarbeit einer Putzperle

„Siebenundsiebzig Mal das Treppenhaus von Frau Schmidt sauber machen, fünfundsechzig Mal bügeln bei Frau Tannenberg, dreiundfünfzig Mal die Fenster von Frau Strauß putzen, vierundvierzig Mal Einkaufen gehen für Frau Schröder und nur zweiundzwanzig Mal weinen, dann sind die Fenster und Türen in meinem Haus eingebaut, und wenn der Gartenzaun fertig ist, werde ich mit meiner Familie in meinem Haus wohnen. Jedes Kind wird sein eigenes Zimmer haben und in der Küche wird ein runder Tisch stehen mit sechs Stühlen, wie bei Frau Tannenberg. Nächstes Jahr will ich mit meinem Sohn Weihnachten feiern, schließlich habe ich ihn zwei Jahre nicht gesehen. Wird er sich an seine Mutter erinnern?" Der Sohn konnte und wollte sich nicht an seine Mutter erinnern, er kannte nur eine Stimme, die ihm den Glauben gab, eine Mutter zu haben. Er kannte nur eine Stimme, die den Namen der Heiligen Maria trug, die zwar in aller Munde war, jedoch nicht anwesend war.

„Mein Junge, ich werde dir Bananen und Weingummi schicken und eine Lederhose. So eine trägt dort keiner, und eine Eisenbahn und ein Hörgerät für Opa, und sei nett zu Oma. Mama liebt dich sehr. Nächstes Jahr, Weihnachten werde ich dich mit deinem Vater und deiner neuen Schwester besuchen und wenn der Gartenzaun fertig ist, werden wir alle für immer kommen. Deine Mama hat dich sehr lieb. Sei nett zu Oma und Opa."

Natürlich war der Junge nett zu Oma und Opa, es waren die einzigen Personen, die real waren. Sie waren keine Telefonstimmen, die stets von Bananen, Spielzeug, Weingummi und außergewöhnlichen Lederhosen sprachen. Lederhosen hatte Frau Müller in allen Grüntönen im Schrank hängen. Maria durfte nur die Mottenkugeln im Schrank auswechseln und dass sie keine Rente dafür bekommen würde, war ihr damals nicht klar, schließlich wollte sie ja Deutschland verlassen, sobald der Gartenzaun fertig war. Seitens ihrer Arbeitgeberinnen hätte sie, für immer in Deutschland bleiben dürfen. Sie sprach niedliches Babydeutsch, sie bückte sich stets für jegliche Hausarbeit, sie putzte sonntags, stahl keine Ringe aus der Schmuckschatulle und vor allem forderte sie keine Gehaltserhöhung. In den siebziger Jahren war die bezahlte Hausarbeit, keine Schattenarbeit. Die meisten ihrer Freundinnen arbeiteten stundenweise in mehreren Haushalten. Die Bezahlung erfolgte vor Ort, wenn die Arbeit sauber erledigt wurde, und Maria war schnell, jung und kräftig, sie trug jeden Montag und Freitag für die achtundsiebzigjährige Frau Schröder schwere Getränkekisten. Eines Tages war der Gartenzaun endlich fertig, doch die Heimreise musste warten, denn ihre Schwägerin brauchte Geld, um dem Bräutigam die versprochene Mitgift auszuhändigen. „Ich helfe dir gern", sprach Maria bedrückt in den kalten Telefonhörer, „aber warum suchst du dir nicht einen Mann, der kein Geld verlangt, schließlich bist du eine hübsche junge Frau. Warum müssen Frauen immer noch dafür bezahlen, wenn sie heiraten wollen. Ich dachte, dass wäre nur in den Sechzigern so gewesen, anscheinend hat sich dort nichts verändert, aus diesem Grund habe ich das Land verlassen. Tausend Lyren, waren damals mein Einsatz für den Heiratsmarkt, die ich nicht besaß. Aus diesem Grund bin ich in Deutschland gelandet. Na ja, heute wird Deutsche Mark verlangt. Ich helfe dir gern, geliebte Schwägerin, hoffentlich liebt er dich, wie er das Geld liebt." Die Schwägerin war glücklich, der Gartenzaun gebaut und das Haus stand leer.

„Ja, du kannst gern für ein Jahr ins Haus einziehen, schließlich steht es leer. Ich komme nächstes Jahr, pass bitte auf meinen Jungen auf. Er will nicht mehr am Telefon mit mir sprechen, er will mich nicht mal mehr hören. Bitte kümmere dich um ihn." Die Schwägerin kümmerte sich gern um den Jungen, und da sie keine eigenen Kinder bekommen konnte, war Marias Sohn ein unbezahlbares Geschenk. Für ihre Dienste bekam sie deutsches Geld, was von Jahr zu

Jahr mehr wurde. Die Jahre vergingen. Die Verwandtschaft war groß und es ergab sich immer wieder einmal, dass einer heiraten wollte oder Geld für ein Auto brauchte. Der Junge hatte seine Mutter bis dahin nur fünf Mal, auf Hochzeiten und Beerdigungen gesehen. „Bei der Beerdigung meines Vaters war er fünf, er zog seine rechte Augenbraue hoch und schwieg mich bedrohlich an. Sein Mund war der meine, nur würden wir nie dasselbe sagen, seine Augen waren die meinen, nur würden wir nie Gleiches sehen und seine Hände waren die meinen, nur würden wir nie dasselbe fühlen", dachte Maria, als sie ihn auf dem gemütlichen Schoß seiner Oma beobachtete. Der Junge betrachtete die schüchternen Blicke seiner Mutter und Maria, die seine Mutter sein sollte, schaute beschämt weg. Als sie ihn dann auf dem knochigen Schoß ihrer Schwägerin sah, brach sie in Tränen aus. Auf der Beerdigung ihres alten Vaters vermischte sich der wahre Grund ihrer Trauer mit dem Abschiedsschmerz, der ihrem Vater galt zu einem salzigen Meer aus Tränen. Maria fragte sich, ob all dies wegen eines Hauses geschah, wegen ihres Glückes in Deutschland putzen zu dürfen, wegen des Mannes an ihrer Seite vielleicht, der seiner Schwester sein eigenes Kind schenkte, ihr Kind, was sie nur drei Tage stillen durfte. Drei Tage Mutterglück, um weiterhin arbeitsfähig zu sein, um ein Haus zu bauen, was sie nie bewohnen würde, was sie nie selbst einrichten durfte. Ein fünfjähriges Kind schaute sich misstrauisch eine fremde Frau an, die seine Mutter sein sollte. Es schaute sich eine kurzhaarige Frau an, die ihm ähneln sollte. Maria fühlte sich fremd. Sie war die Fremde in einem Haus, was ihr gehörte, in einem Land, was sie vertrieben hatte und in einer Familie, die ihre lebende Abtreibung, ihren Sohn an sich nahm. Sie packte ihren Koffer. Es war der gleiche leere braune Koffer, den sie damals getragen hatte, als sie dieses Land verließ. Von diesem Moment an, zählte sie nicht mehr, wie viele Male sie bei Frau Schmidt Treppen putzte, wie viele Male sie bei Frau Tannenberg bügelte, bei Frau Strauß Fenster putzte, für Frau Schröder einkaufen ging. Sie zählte nur noch die Geburtstage ihres Sohnes. Jahre, die sie durch Putzen unrein hinter sich ließ. Abends versank sie vor dem Fernseher. Sie schaute sich am liebsten Derrick an, den sie nie verstand, weil ihr die Sprache immer fremd blieb. Die ersten Jahre malte sie alles auf, was sie brauchte und ging so einkaufen. Ihr erstes Suppenhuhn kaufte sie mit einem lächerlichen „Kikiriki", weil der Verkäufer ihre Zeichnung nicht verstand. Ein „Kikiriki" aus ihrem Mund, verstand er aber schnell. Errötet und geduckt verabschiedete sie sich freundlich. Vor der Wurstwarentheke stand sie immer mit einem ausgestreckten Zeigefinger, der auf die gewünschte Wurstware gerichtet war. Eines Tages ging sie zum Gemüsehändler und hielt eine Zwiebel in ihrer Hand. Flüsternd sagte sie zu ihm: „Nix das" und zeigte auf die Zwiebel, „Bruder, von das." Der Verkäufer lachte laut und zeigte ihr Lauch, doch sie wollte Knoblauch haben. Nach mehreren unverstandenen Knoblauchzeichnungen ließ sie sich den Knoblauch von ihrer Mutter aus der Heimat zuschicken, in der Annahme, in Deutschland gäbe es keinen. Sie hörte täglich Millionen neue Laute, die sie abends vor dem Spiegel nachahmte. Wehtuende nasale, dentale, kehlköpfige Laute, die ihr emotionslos vorkamen, würfelte sie stolz zusammen, um einen einigermaßen verständlichen Satz zu bauen. Doch vergebens. Am 10. September 1964, wurde am Hauptbahnhof ihr Nachbar der Zimmermann Amando Sa Rodriges als millionster Gastarbeiter, begrüßt. Zu diesem Anlass wurde ihm ein Moped überreicht. Er starb fünf Jahre später an den Folgen eines Arbeitsunfalls. Damals war sie erst achtzehn Jahre alt und gerade drei Monate in Deutschland. Sie wohnte in einem Gastarbeiterinnenheim, arbeitete in einer Gummifabrik und kaufte sich von dem Lohn einen roten Wollmantel. 1966 stagnierte die Wirtschaft in Deutschland und die Arbeitslosigkeit stieg. Sie war erst zwanzig und heiratete in einer kleinen Kirche, ohne Brautkleid, einen Mann, den sie liebte. Am 27. November 1969 wurde Ismail Babader als millionster Einwanderer vom Präsidenten der Bundesanstalt für Arbeit herzlich begrüßt. Damals war sie erst dreiundzwanzig und hatte zwei Abtreibungen hinter sich. Ihr Mann riet ihr, mehrmals vom Stuhl, vom Tisch und vom Schrank zuspringen, um das Ungeborene auf eine humane Weise zu verlieren, was natürlich nicht klappte. 1969 wäre sie fast bei der illegalen Abtreibung bei Herrn Dr. Kegelmann verblutet, denn dieser war kein Gynäkologe. Er war nur ein Allgemeinmediziner, der sich seine „blutigen Extras" mit illegalen Abtreibungen von hilflosen Marias dazu verdiente. Nach der Geburt ihres Sohnes folgte zwei Jahre später die Geburt ihrer Tochter. Maria wohnte zu jener Zeit in einer kleinen Zweizimmerwohnung ohne Dusche. Ihrem Mann reichte sie, denn sie war günstig und zentral. Die Fabrik war um die Ecke, Frau Schmidt und Frau Tannenberg und Frau Strauß und Frau Schröder wohnten vier Blocks weiter, der Obsthändler und der Schlachter waren zu Fuß gut erreichbar und vor allem der Sportplatz. Marias Mann war in seiner Heimat ein berühmter Fußballer gewesen, doch in Deutschland war er nur ein unauffälliger, unterbezahlter

Fabrikarbeiter, der sich abends, erschöpft von seinen Überstunden, melancholisch Fotos aus den ruhmreichen Zeiten seines Lebens anschaute, und genauso traurig wie er zu Bett ging, wachte er auch auf.

Depressionen und psychosomatische Erkrankungen waren für die Fabrikarbeiter, die täglich den deutschen Qualitätsstandard aufrechthielten, kein Krankheitsbild, sie waren ein Entlassungsgrund. An einem Wintermorgen verschluckte Marias Mann absichtlich eine große grüne Olive. Er ging Schmerzen vortäuschend zu Dr. Kegelmann, der selten so einen dunklen Fleck auf einem Röntgenbild gesehen hatte. Marias Mann wurde krankgeschrieben. Diese lichtarme Winterwoche verbrachte er verzweifelt vor einem geschlossenen Fenster mit Blick auf einen rauchenden Fabrikschornstein. Er war der Sklave einer riesigen grünen Olive geworden, die ihm zwar zu einer Arbeitspause verhalf, die ihn aber auch an den Anblick eines Schornsteins fesselte. Am nächsten Morgen machte er sich freiwillig auf den

Weg zur Arbeit, doch sein Platz war bereits vergeben. Sein Zeitvertrag wäre nur verlängert worden, wenn er, gesund, arbeitstüchtig und streikresistent wäre. Er fand schnell einen neuen Arbeitsplatz am Hafen, der anfangs schlechter bezahlt war, ihn aber an den windigen Hafen seiner Heimatstadt erinnerte. Abends hörte er sich weinend die Musik, die seine Jugendzeit und seine erfolgreichen Tage geprägt hatte an und sonntags ging er mit Maria und ihrer kleinen Tochter und Maria auf den Fußballplatz, um sich aufzuregen, wenn der Schuss das Tor verfehlte. Der Sohn wuchs hingegen in einem großen Haus mit Gartenzaun, mit seiner gut kochenden Oma, seinem schlecht hörenden Opa und seiner kinderlosen Tante auf, die ihm jeden Wunsch zu erfüllen versuchten. „Mein Junge, ich schicke dir ein Mikroskop, Weingummi, Bananen und im Sommer kommen wir. Deine Schwester, ich und dein Papa lieben dich, ich weiß, dass du mir zuhörst, du brauchst mir nicht zu antworten, ich höre deinen Atem, das reicht mir", sprach Maria mit leiser zitternder Stimme in den Hörer. Ihre Stimme wurde von Jahr zu Jahr älter und zerbrechlicher. Wöchentlich sprach sie für zwanzig Mark sieben Minuten, um den Atem ihres Sohnes zu hören. Der Junge sprach nicht und sie schluckte den Knoten, der ihren Hals zuschnürte, drückend herunter. Er strafte sie mit seinem stillen Atem, der Kilometer weit von ihr entfernt war, der vor langer Zeit beide Körper mit einer Schnur miteinander verband. Diese Stille am anderen Ende der Leitung war ihre überlebende Abtreibung. Es war ihr Sohn, der sein Dasein ihr verdankte und ihr „großzügig" seine Abwesenheit schenkte. Der kalte Telefonhörer war das einzige Bindeglied, um an ihrer verlorenen Mutterrolle, einige Minuten still teilzunehmen. Die kalte Telefonzelle befand sich direkt am Hauptbahnhof, oft musste sie unter einem Regenschirm warten, bis sie frei wurde. Wenn sie dann endlich an der Reihe war, hörte sie oft den Satz „Wird es bald, habt ihr kein Zuhause, andere wollen auch telefonieren!", doch sie sprach weiter und lauschte dem quälenden lautlosen Atem ihres Sohnes. Sie zeigte, um die verbleibende Zeit anzugeben, ihre fünf Finger und drehte sich weg. Ihre kräftigen, putztüchtigen Hände waren gescheitert. Sie klammerten sich an einen stinkenden Hörer, der nach dem fremden Atem all derer roch, die vor ihr hineingehaucht hatten. In einer Zelle, die ihr Gefängnis wurde, hingen um sie herum Gesichter, die ihr Angst machten. Es waren Fahndungsplakate der RAF-Mitglieder, die sie aus dem Fernsehen kannte. Noch mehr Angst machten ihr die Menschen, die an die Telefonzellenscheibe klopften. Wenn ihre ausgestreckte Hand, die an der Fensterscheibe klebte, um eine fünfminütige Verlängerung zu erbeten, nicht ausreichte, legte sie auf, gab ihnen den Vortritt und stellte sich wieder in die Warteschlange. Anfang der achtziger Jahre kaufte sie sich endlich ihr eigenes Telefon, was sie wie ein Heiligtum bewahrte, das sie mit einem weißen Stoff bedeckte, der ringsherum mit gehäkeltem silbernem Garn verziert war. Den Telefonschlüssel verbarg sie unter dem Kühlschrank. Auf gar keinen Fall würde sie den Telefonapparat unverschlüsselt den Händen ihres Mannes überlassen, denn dieser rief seine Mutter und seine Schwester nur an, um über vergangene glorreiche Zeiten zu sprechen. In einem knappen Nebensatz erwähnte er seinen Sohn und nebensächlich bekam er die typische Mitteilung, dass es diesem gut gehe und dass er in der Schule allen erzählte, dass sein Vater ein Kapitän sei und seine Mutter eine Dolmetscherin. Die krankhafte Mythomanie des Jungen fasste der Vater als fantasievolle Begabung auf. Maria wollte von den Lügen ihres Sohnes nichts wissen und beschloss, das Telefon zu verschließen und es nur dann zu entsperren, wenn ihr Mann nicht zu Hause war. Die Telefonrechnungen waren in manchen Wintermonaten so hoch wie zwei Monatsmieten. Das Telefon läutete nur dann, wenn die Verwandtschaft Deutsche Mark verlangte, um den Französisch-Privatunterricht, die Party oder die Bronchitis Rechnung ihres Sohnes zu bezahlen. „Maria, dein Sohn bekommt jetzt Französisch-Privatunterricht, bei Madame Simone´, er lernt Klavier bei Senior Dino und wegen seines Bronchitis Rückfalls, sind wir zwei

Wochen ans Meer gefahren. Maria, du weißt, ich habe keine eigenen Kinder, dein Sohn ist auch mein Sohn. Ich sorge dafür, dass es ihm an nichts fehlt und dass er ein Zuhause hat. Maria wir brauchen diesen Monat Heizungsgeld, es wird ein kalter Winter auf uns zukommen." Maria schickte brav und widerstandslos das Geld und rechnete ihr monatliches Einkommen aus. „Siebenundsiebzig Mal das Treppenhaus von Frau Schmidt sauber machen, fünfundsechzig Mal bügeln bei Frau Tannenberg, dreiundfünfzig Mal die Fenster von Frau Strauß putzen, vierundvierzig Mal einkaufen gehen für Frau Schröder und nur zweiundzwanzig Mal weinen, dann ist die Telefonrechnung beglichen." Marias Krampfadern an den Beinen schwollen noch mehr an und ihre Finger spürten kein heißes Wasser mehr. Mit der bloßen Hand tauchte sie ins heiße Domestoswasser, wrang den Wischlappen aus und säuberte die schmutzigen Treppen. „Würde sich doch mein Leben mit Chlorwasser reinigen lassen wie der dreckige Boden" schrieb sie in ihr Tagebuch, was ein schlichtes

Linienheft ihrer Tochter war und versteckte es unter ihrer Matratze. Marias Putzkünste sprachen sich schnell herum unter den Frau Schröders, Meyers, Müllers und Co. Sie wurde die „Putzperle" genannt. Zum Missfallen ihres Mannes wurde sie sogar zu Geburtsfeiern und Taufen der „vornehmen Frauen" eingeladen. Maria war nach mehreren Jahren nicht nur die „Putzperle", sondern vielmehr die stille Seelentrösterin, die für ihre alleinige Anwesenheit belohnt wurde. Sie liebte die Häuser, die sie reinigte, als wären es ihre Eigenen. Das Haus, was sie mühsam in ihrer Heimat hatte bauen lassen, gehörte ihr nicht mehr, schließlich war alles nach dem Geschmack ihrer Schwägerin eingerichtet. Statt eines runden Tisches, stand in ihrer Küche ein viereckiger Tisch, statt heller Kiefernmöbel standen dort schwere Kirschholzmöbel, die sie an düstere Bezirksamt Träume erinnerten. Für Frau Tannenberg hegte sie besondere Sympathie. Sie war zehn Jahre älter als Maria und hatte ihren Sohn bei einem tragischen Autounfall verloren, den sie selbst verursachte und überlebt hatte. Ihr Sohn war damals zwei Jahre alt gewesen. Jedes Jahr trauerte sie mit Maria an seinem Todestag. Sie kochten zusammen, zündeten zwei Kerzen an und sprachen von dem, was sein würde, wenn alles anders gekommen wäre. „Ich würde Schneeballschlachten mit ihm machen, ihn mit Schnee einseifen und mich von ihm zu einem Schneeball einrollen lassen." Maria verdankte ihre Deutschkenntnisse nach langjährigem „Putzperlen" - Dienst, Frau Tannenberg. Sie war Marias einzige Freundin. „Maria, es gibt keine Freundschaft zwischen Arbeitgeber und Arbeitnehmer, sie stiehlt dir deine kostbare Zeit, um ihren Schmerz zu vergessen", entgegnete Marias Mann, wenn Maria ihm enthusiastisch von den schönen Stunden berichtete, die sie mit Rotkohl und Braten und Frau Tannenberg verbrachte. Dies war Marias kleine Märchenwelt, in der ihre Bedürfnisse berücksichtigt wurden, in der sie zwar Putzfrau war, dennoch eine wertvolle Person in Frau Tannenbergs Leben. Maria bekam von ihr zum Geburtstag einen Schwimmkurs geschenkt. Es war Marias größter Wunsch, Schwimmen zu lernen, doch da die Schwimmhalle sehr weit von ihrer Wohnung entfernt war, konnte sie ihren Wunsch nicht verwirklichen. Frau Tannenberg fuhr sie einmal die Woche zum Schwimmkurs und holte sie auch ab. Es gehörte zum wöchentlichen Ritual der beiden Frauen. Nach sechs Monaten konnte Maria endlich schwimmen. „Frau Tannenberg, im Wasser sieht man die Tränen nicht. Meine Schwägerin hat mich gestern angerufen, und mir erzählt, dass mein Sohn sie jetzt, Mama´ nennt. Sie sagte mir, dass das Haus gestrichen werden muss und dass ich im Sommer lieber nicht kommen solle, weil es der Junge nicht will." „Maria, im Wasser sieht man die Tränen nicht, schwimmen Sie weiter, Sie haben zum Glück noch eine Tochter, die Sie bestimmt zu Hause nicht weinen sehen will, tun Sie es beim Schwimmen, schließlich sieht man die Tränen im Wasser nicht." Vier Monate später starb Frau Tannenberg an Herzversagen. Die Beerdigung fand im kleinen Familienkreis statt, wozu Maria nicht eingeladen war. Herr Tannenberg, der ständig auf Geschäftsreisen war, verachtete Marias Tätigkeit. Er sah in Marias Aufgabe keine Notwendigkeit, da das Haus menschenleer war, Frau Tannenberg, unendliche Zeit hatte, keine Haustiere besaß und seine blauen Hemden selbst hätte bügeln können. Die Melancholie seiner Frau empfand er als angenehm und ihre Einsamkeit übersah er gern. Frau Tannenberg starb vereinsamt und Maria, die ihre einzige treue Freundin war, ihre kleine Märchenwelt, ihre Perle, durfte an der Beerdigungstrauer nicht teilnehmen. Maria nahm ein Taxi und ging schwimmen. Im Wasser sah keiner ihre Tränen, die wöchentlich das Chlor im Schwimmwasser versalzen ließ. Sie dachte an die schönste Zeit ihres Lebens, die endgültig vorbei war. Maria besuchte eine Woche später das Haus der Tannenbergs, um den Schlüssel abzugeben. Sie betätigte die Klingel, die sie sonst säuberte und wartete geduldig, bis die Tür geöffnet wurde. Vor ihr stand eine junge Frau in einem schwarzen seidenen Morgenmantel, die ihr den Schlüssel abnahm. Das war die neue Hausherrin. Im Hintergrund stand Herr Tannenberg im Bademantel, der ihr einen Brief seiner verstorbenen Frau überreichte. Wortlos nahm Maria den Brief an sich und ging. Sie öffnete ihn langsam und las die letzten lebendigen Zeilen, ihrer einzigen Freundin. „Liebe Maria, Sie können gar nicht ahnen, wie ich ihre Anwesenheit genossen habe, Achtzehn Jahre waren Sie der Mensch an meiner Seite. Mein Sohn wäre heute genauso alt wie Ihrer. Wie oft haben wir uns das Leben neu ausgemalt. Liebe Maria, im Wasser sah man unsere Tränen nicht, doch vielleicht ist es Zeit, liebe Maria, damit aufzuhören. In ewiger Freundschaft Ihre Ursula Tannenberg." Maria ging heim, nahm den Hörer und wählte die endlose Nummer. Ihr Sohn nahm ab. Sie hörte den bedrohlichen Atem, der sie seit Jahren folterte. „Mein lieber Sohn, deine Stille ertrage ich nicht mehr, entweder du sprichst mit mir oder ich werde..." Ihre leise und einfühlsame Stimme klang gewagt und nach Abschied.

„Wenn du mich für meine Tat bestrafen willst, was du schon Jahre lang getan hast, bitte. Ich bin nicht die einzige Mutter, die ihren Sohn verloren hat. Ich bin es gewesen, die dich hergab, damit du ein besseres Leben hast. Die Trennung von dir hat mich zu einem halben Menschen gemacht. Ich bin ein halber Mensch, hörst du. Ich habe nur gelebt, um deinen Atem zu hören, doch jetzt kann ich es nicht mehr. Ich brauche deine Stimme, ich will dich sehen können, dich anfassen. Mir reichen die Fotos nicht mehr. Mir reicht deine Stille nicht mehr. Bestrafe mich mit Worten, sprich mit mir. Ich werde dich nicht mehr anrufen und trotzdem liebe ich dich und werde dich immer lieben." Maria legte auf und wählte diese Nummer nie mehr. In den Nachrichten sah sie, wie das Land ihrer Eltern, das Land, in dem sie geboren worden war und das Land, welches sie schweren Herzens verlassen hatte, unter einer Hitzewelle litt. Sie sah niedergebrannte Häuser, Skelette von Autos und Bäumen. Sie sah, wie Kommunalpolitiker um Hilfe baten, wie Patienten aus einer Klinik in

Sicherheit gebracht wurden, wie die Einwohner ihre Häuser verlassen mussten und wechselte den Sender. Das Telefon klingelte. Sie nahm ab. Eine weiche Männerstimme teilte ihr leise mit, dass das Feuer auch ihr Haus niederbrannte. „Macht nichts, mein Sohn, siebenundsiebzig Mal das Treppenhaus von Frau Schmidt sauber machen, fünfundsechzig Mal bügeln bei Frau Kohlberg, dreiundfünfzig Mal die Fenster von Frau Strauß putzen, vierundvierzig Mal einkaufen gehen für Frau Schröder und nur zweiundzwanzig Mal weinen, dann sind die Fenster und Türen in meinem Haus eingebaut, und wenn der Gartenzaun fertig ist, werde ich mit meiner Familie in meinem Haus wohnen. Jedes Kind wird sein eigenes Zimmer haben und in der Küche wird ein runder Tisch mit sechs Stühlen stehen, wie bei Frau Tannenberg. Nächstes Jahr will ich mit dir, mein Sohn, Weihnachten feiern, schließlich habe ich dich Jahre nicht gesehen. Wirst du dich an mich erinnern?"

Zeitfracht Medien GmbH
Ferdinand-Jühlke-Straße 7
99095 Erfurt, Deutschland
produktsicherheit@kolibri360.de